珍藏版

# 四書五經

赵文博 主编

捌

辽海出版社

# 僖公五年（续）

㉑启：启发。

㉒玩：轻视。

㉓辅：面颊。车：牙床骨。

㉔大：音 tài。太伯、虞仲是大王的长子、次子。太王，即古公亶父，周文王的祖父。古代宗庙中先祖之位以昭穆为次，左昭右穆。始祖居中，往后奇数之代为昭，偶数之代为穆。太王为穆，则其子为昭。

㉕虢仲、虢叔：虢的开国祖，王季的次子和三子，文王的弟弟。王季为昭，则虢仲、虢叔为穆。

㉖卿士：执掌国政的大臣。

㉗盟府：主管盟誓典策的政府部门。

㉘桓：桓叔，晋献公的曾祖。庄：庄伯，晋献公的祖父。

㉙桓庄之族：即桓庄的后代，晋献公的同祖兄弟。

㉚偪：通逼，威胁。

㉛享祀：祭祀。絜通洁。

㉜据：依。

㉝黍稷：泛指五谷。馨：音 xīn，远处可以闻到的香气。

㉞繄：音 yī，助词，无实义。

㉟冯：同凭。

㊱荐：献。

㊲腊：年终举行的一种祭祀。

㊳更：音 gèng，再。举：举兵。

㊴虢有东虢、北虢、南虢，上阳为南虢。

㊵济：成功。

㊶龙尾：即苍龙七宿的第六宿尾宿。日月相会叫辰。

㊷均：同。

㊸旂：系有许多铃的旗。

㊹鹑：音 chún。朱雀七宿第三宿柳宿，亦名鹑火。贲：音 bēn，贲贲，星体貌。

㊺天策：即傅说星。焞音 tún，焞焞，光暗弱貌。

㊻火中：鹑火出现在南方。

㊼媵：音 yìng，陪嫁的男女。秦穆姬：晋献公之女，嫁秦穆公。

## 【译文】

五年春季，周历正月辛亥日，初一，冬至。僖公亲自到太庙报告朔日以后，就登上观台观望云气。《春秋》记载这件事，是合于礼的。凡是春分、秋分、夏至、冬至，立春、立夏、立秋、立冬等节气史官都要记载云气云色方面的天候变化，这是由于要为灾害做准备的缘故。

晋侯派使者到鲁国来通知杀死太子申生的原因。

当初，晋侯派士㧑替二位公子在蒲和屈两邑筑城，不小心，墙里放进了木柴。夷吾向晋献公报告了这件事。献公派人责备士㧑。士㧑叩头回答说："臣听说过：'没有丧事而悲伤，忧愁就会随之而来。没有战事而筑城，敌人必然会藉以守卫。'

弦高假命犒秦军

1969

敌人将要占据的地方，又有什么值得谨慎的呢？身在官位，而不接受君命，这是对君的不敬；如果为仇敌修筑坚固的城池，这是对国家的不忠。失去忠和敬，用什么来侍奉君主呢？《诗》说：‘心怀德行就是安宁，同宗子弟就是城池。’君王如果修养德行而使公子们的地位得以巩固，哪个城池能比得上？三年以后就要用兵，哪里用得着谨慎呢？”士艻退出去作诗说：“狐皮袍子杂乱蓬松，一个国家有三位主人，我该一心跟从谁才好呢？”

等到太子申生被杀害的祸难发生之后，晋献公派遣寺人披攻打蒲城。重耳说：“国君和父亲的命令不能反对。”于是下令说：“谁抵抗君父军队，谁就是我的敌人。”

重耳跳墙正要逃跑，寺人披砍断了他的衣袖。重耳便逃亡到翟国。

夏天，公孙兹前往牟国，在那里娶亲。

鲁僖公和齐侯、宋公、陈侯、卫侯、郑伯、许男、曹伯在卫地首止相会，会见周王的太子郑，为的是安定太子郑在成周的地位问题。

陈国的辕宣仲（涛涂）怨恨郑国的申侯在召陵出卖了自己，因而故意劝他在齐桓公所赐封邑虎牢筑城，说：“把城筑得美观，可以扩大名声，子孙将不会忘记你。我愿意帮助你去请求。”于是辕宣仲就替他向诸侯去请求，结果把虎牢城修筑得很壮观。辕宣仲就在郑伯跟前诬陷说：“把所赐封邑的城墙修筑得那样坚固，目的是准备搞叛乱。”申侯因此而得罪于郑伯。

秋天，诸侯会盟。周天子派周公召见郑伯，说：“我安抚你去跟随楚国而不要亲近齐国，并让晋国辅助你，这样就可以稍稍安定了。"郑伯对周王的命令感到高兴，但对于不朝见齐国又感到害怕，所以要逃回去而不参加盟会。郑大夫孔叔劝阻他，说："国君不能轻率行事，轻率行事会失去亲近的人；失掉了亲近的人，祸患必然会来到，等到国家发生了困难再去请求结盟，所失掉的东西就多了，您一定会后悔的！"郑伯不听，离开军队，独自一人悄悄回国了。

楚国的斗穀於菟灭掉弦国，弦国国君逃亡到黄国。这时江、黄、道、柏四国正和齐国友好，它们都和弦国有婚姻关系；弦国国君仗着这种关系而不去侍奉楚国，又根本不准备设防，终于亡了国。

晋献公再次向虞国借路去攻打虢国。宫之奇劝谏说："虢国是虞国的外围，假如虢国灭亡，虞国也必然跟着灭亡。晋国的野心不能启发，外国军队不可疏忽。一次借路已经有些过分，难道还可以借第二次吗？俗话讲的'辅和车互相依存，嘴唇没有了，牙床就会受到寒冷'，说的就是虞国和虢国的关系。"

虞公说："晋国是我的同宗，难道还会害我吗？"宫之奇回答说："太伯、虞仲，是周太王的儿子，太伯不跟随在侧，所以没有嗣位。虢仲、虢叔，是王季的儿子，他们都做过文王的卿士，对王室有功绩，受勋的记录藏在盟府。如今晋国将要灭掉虢国，对虞国又怎么会爱惜呢？况且，虞国跟晋国的关系能比桓叔、庄伯更为亲近吗？如果晋国爱惜亲族国家的话，那么桓叔、庄伯的族人有什么罪过？但却被杀戮，不就是因为他们使晋国感到威胁的缘故吗？亲近的宗族由于受宠而有威胁，尚且杀害了他们，何况我们国家呢？”

虞公说：“我祭祀用的祭品丰盛洁净，神灵必定依从我。”宫之奇回答说：“下臣听说，鬼神不亲近任何人，而只依从德行。所以《周书》说：‘上天没有私亲，它只帮助有德行的人。’又说：‘祭祀的黍稷不芳香，美德才芳香。’又说：‘百姓不能改变祭物，只有德行能当作祭物。’这样说来，不是德行，百姓就不知顺，神灵也就不愿享用了。神灵所凭的，就在于德行。假如晋国取得了虞国，而发扬美德作为芳香的祭物去供奉神灵，神灵难道会吐出来吗？”

虞公不听，答应了晋侯使者的要求。宫之奇带领着他的家族出走，说：“虞国今年举行不了岁终大祭了！成功就在这一次，晋国不用另外出兵了。”

八月甲午日，晋侯包围虢国的上阳。晋侯问卜偃说：“我能够成功吗？”卜偃回答说：“能攻克。”晋侯说：“什么时候？”卜偃回答说：“童谣说：‘丙子日的清晨，龙尾星看不清。军服威武美好，夺取虢国的旗号。鹑火星形如大鸟，天策星没有光耀，鹑火星下列成军阵，虢公将要逃奔。’日子将在九月底十月初吧！丙子日的清晨，太阳在龙尾星之上，月亮在天策星之下，鹑火星在日月中间，必定是这个时候。”

冬季，十二丙子日初一，晋国灭掉虢国。虢公丑逃奔到京城。晋军回国，住在虞国，乘机袭击虞国，灭掉了它。俘虏了虞公和大夫井伯，将其作为秦穆姬的陪嫁随从。从此晋国代替虞国进行祭祀，并且把虞国的赋税奉献给周王室。所以《春秋》记载说：“晋人执虞公。”这是归罪于虞公，而且是说灭掉虞国这件事进行得太容易。

# 僖公六年

## 【原文】

（经）　六年春[1]，王正月。

夏，公会齐侯、宋公、陈侯、卫侯、曹伯伐郑[2]，围新城[3]。

秋，楚人围许。

诸侯遂救许。

冬，公至自伐郑。

## 【注释】

[1]六年：公元前654年。

[2]齐侯：齐桓公。宋公：宋桓公。陈侯：陈宣公。卫侯：卫文公。曹伯：曹昭公。

[3]新城：在今河南省密县。

## 【译文】

六年春，周历正月。

夏，僖公会合齐桓公、宋桓公、陈宣公、卫文公、曹昭公攻打郑国，包围了新城。

秋，楚国人包围许国。

诸侯于是救援许国。

冬，僖公从攻打郑国战役回到国内。

## 【原文】

（传）　六年春，晋侯使贾华伐屈[1]。夷吾不能守，盟而行。将奔狄，郤芮[2]曰："后出同走[3]，罪也。不如之梁[4]。梁近秦而幸焉[5]。"乃之梁。

夏，诸侯伐郑，以其逃首止之盟故也。围新密[6]，郑所以不时城也[7]。

秋，楚子围许以救郑。诸侯救许，乃还。

冬，蔡穆侯将许僖公以见楚子于武城[8]。许男面缚衔璧[9]，大夫衰绖[10]，士舆榇[11]。楚子问诸逢伯[12]，对曰："昔武王克殷，微子启如是[13]。武王亲释其缚，受其璧而祓之[14]。焚其榇，礼而命之，使复其所[15]。"楚子从之。

## 【注释】

①贾华：晋国大夫。

②郤（xī）芮（ruì）：一名冀芮，晋臣。

③同走：指与重耳同到狄国。

④梁：嬴姓国，僖公十九年亡于秦。

⑤幸：信任。

⑥新密：即新城，故址在今河南省密县东南。

⑦不时：为不时季节，指农忙时节所筑。

⑧将：带着。武城：地名，在今河南省南阳市北。

⑨许男：即许僖公。男，爵名。面缚：两手反绑。衔璧：口中含着璧玉。

⑩衰绖：古代用麻布制成的孝服。

⑪舆榇（chèn）：抬着棺材。

⑫逢伯：楚国大夫。

⑬微子启：殷帝乙的长子，纣王的庶兄。

⑭祓（fú）：古代除灾求福的一种礼仪。

⑮复其所：回到原地。

## 【译文】

鲁僖公六年春天，晋侯派贾华攻打屈地。夷吾守不住，和屈人订立盟约后出走。准备逃亡狄，郤芮说："在重耳之后出走，又逃往同一个地方，这是有罪的。不如到梁国去，梁国靠近秦国，而且受到秦国的亲幸。"于是到了梁国。

夏天，诸侯攻打郑国，因为它逃离首止结盟的缘故。包围了新密，这就是郑国在农忙季节筑城，不失时机修造的城。

秋天，楚子包围许国来救援郑国，诸侯救援许国。楚军于是回国。

冬天，蔡穆公带领许僖公在武城见楚子。许男两手反绑，口里衔着玉，大夫穿着孝服，士人抬着棺材。楚子就这事问逢伯，逢伯回答："从前武王战胜殷朝，微子启就是这样的。武王亲自解开他的绳索。接受他的玉璧而为他举行除灾求福的仪式。焚烧了抬来的棺材，以礼待他，命令恢复他原来的地位。"楚子听从了逢伯的话。

# 僖公七年

**【原文】**

（经）　七年春，齐人伐郑。夏，小邾子来朝[1]。郑杀其大夫申侯。秋七月，公会齐侯、宋公、陈世子款、郑世子华，盟于宁母[2]。曹伯班卒。公子友如齐。冬，葬曹昭公。

**【注释】**

①小邾子：即郳犁来，此时已得王命，来鲁朝见，故书其爵名。

②宁母：鲁地，在今山东鱼台县东。

**【译文】**

七年春，齐军伐郑国。夏，小邾子来鲁朝见。郑国杀死其大夫申侯。秋七月，鲁公在宁母会见齐侯、宋公、陈国世子款、郑国世子华。曹伯班死。鲁公子友去齐国访问。冬，安葬曹昭公。

**【原文】**

（传）　七年春，齐人伐郑。孔叔言于郑伯曰："谚有之曰：'心则不竞[1]，何惮于病[2]。'既不能强，又不能弱，所以毙也。国危矣，请下齐以救国[3]。"公曰："吾知其所由来矣。姑少待我。"对曰："朝不及夕[4]，何以待君？"

夏，郑杀申侯以说于齐[5]，且用陈辕涛涂之谮也。

初，申侯，申出也[6]，有宠于楚文王。文王将死，与之璧，使行，曰："唯我知女，女专利而不厌[7]，予取予求[8]，不女疵瑕也[9]。后之人将求多于女，女必不免。我死，女必速行。无适小国，将不女容焉。"既葬，出奔郑，又有宠于厉公[10]。子文闻其死也[11]，曰：古人有言曰：'知臣莫若君。'弗可改也已。"

秋，盟于宁母[12]，谋郑故也。

管仲言于齐侯曰："臣闻之，招携以礼[13]，怀远以德[14]，德礼不易[15]，无人不怀[16]。"齐侯修礼于诸侯，诸侯官受方物[17]。

郑伯使大子华听命于会。言于齐侯曰："泄氏、孔氏、子人氏三族[18]，实违君命。君若去之以为成，我以郑为内臣[19]，君亦无所不利焉。"齐侯将许之。管仲曰："君以礼与信属诸侯[20]，而以奸终之[21]，无乃不可乎？子父不奸之谓礼，守命共时之谓信[22]。违此二者，奸莫大焉。"公曰："诸侯有讨于郑，未捷。今苟有衅[23]，从之，不亦可乎？"对曰："君若绥之以德，加之以训[24]辞[25]，而帅诸侯以讨郑，郑将覆亡之不暇[26]，岂敢不惧？若总其罪人以临之[27]，郑有辞矣[28]，何惧？且夫合诸侯以崇德也[29]，会而列奸[30]，何以示后嗣？夫诸侯之会，其德刑礼义，无国不记。记奸之位，君盟替矣[31]。作而不记，非盛德也[32]。君其勿许，郑必受盟。夫子华既为大子而求介于大国[33]，以弱其国，亦必不免。郑有叔詹、堵叔、师叔三良为政③④，未可间也。”齐侯辞焉。子华由是得罪于郑。

冬，郑伯使请盟于齐。

闰月③⑤，惠王崩。襄王恶大叔带之难③⑥。惧不立，不发丧而告难于齐。

## 【注释】

①则：假设连词，如果。不竞：不坚强。

②惮：惧怕。病：屈辱。

③下齐：屈服于齐。

④朝不及夕：早晨到不了晚上，意为情况危急。

⑤说：同“悦”，即取悦，讨好。

⑥申出：申女所生。

⑦专利：垄断财货。

⑧予取予求：即取于我求于我。

⑨疵瑕：毛病，此作动词用。

⑩厉公：指郑厉公。

⑪子文：即楚臣斗縠於菟。

⑫宁毋：鲁地名。在今山东省鱼台县境。

⑬招携：招抚有二心的国家。携：离心，携贰。

⑭怀远：怀念疏远的国家以归服自己。

⑮不易：不背。

⑯怀：归服。

⑰受方物：接受赏赐。方物，职贡所用土产。

⑱泄氏、孔氏、子人氏：均为郑国大夫。泄氏指泄驾氏

族；孔氏指孔叔；子人氏指郑厉公弟，名语。

⑲内臣：臣服于齐，如封内之臣。

⑳属：会合。

㉑奸：邪僻，即违背礼与信。

㉒守命共时：见机行事以完成君命。

㉓衅：间隙，破绽。

㉔训：教训。

㉕辞：拒绝。

㉖覆亡：救亡。

㉗总：将领，带领。罪人：指太子华。

㉘辞：理。

㉙崇德：尊崇德行。

㉚列奸：以奸人位列国君。列，位列，指君位。列作动词用。

㉛替：废弃。

㉜盛德：崇高德行。

㉝介：因，冯藉。

㉞叔詹、堵叔、师叔：郑国三大夫。良：贤良的人。

㉟闰月：指闰十二月。

㊱襄王：即王太子郑。恶：畏惧，担忧。大叔带：惠王之子，太子郑之弟，有宠。

## 【译文】

七年春季，齐国发兵讨伐郑国。孔叔对郑文公说："谚语中有这样的话：'意志不坚，何怕屈辱？'既然不够坚强，

1980

晋文公伐卫救曹

又不能自甘软弱，这就会导致灭亡。我国目前面临着危急，请国君向齐国屈服，以挽救国家。"文公说："我知道他们来的原因，姑且等我一下。"孔叔说："如今情况紧急，就像早晨的露水等不到晚上一样，怎么还能等您呢？"

夏季，郑国杀了申侯以取悦齐国，同时也是因为陈国辕涛涂的诬陷。

当初，申侯是申女所生，曾受到楚文王的宠信。文王去世前，曾把玉璧交给他，让他逃走，并说："只有我了解你，你一向贪取财货而不知满足。从我这里求取，我不怪罪你。但后来的人将会向你索取大量财物，你肯定难免获罪。我死了，你一定迅速逃走。但不要到小国去，他们是不敢收留你的。"安葬了文王后，申侯便逃亡到了郑国，又受到郑厉公的宠信。子文听到他被害的消息后说："古人说过：'没有比国君更为了解臣子的。'看来这话是真的啊！"

秋季，僖公和齐桓公、宋桓公、陈国的世子款、郑国的世子华在宁母结盟，谋划攻打郑国。

管仲向齐桓公说："据我所知：招抚存有二心的国家，要靠礼，怀柔地处远方的国家，要用德，只要不违背德与礼，没有人不归附的。"于是桓公就以礼对待诸侯，诸侯各国中在齐国供职的官员都接受了齐国的赏赐。

郑文公派太子华前去接受盟会的命令。子华对齐桓公说："泄氏、孔氏、子人氏三个氏族，违背了您的命令，逃避盟会而跟从楚国。如果能除掉他们和我国结好，我国甘愿做你的藩属。这对您来说也是有利的。"桓公准备答应。但管仲说："国君开始用礼和信会合诸侯，却要以邪恶来结束，恐怕不行吧？父子不相违背称为礼，随机应变完成君命叫做信。违背了这两点，就再也没有比这更大的邪恶了。"桓公说："诸侯进攻郑国，未能取胜。现在如果利用他们父子相违这个机会，不也可以吗？"管仲回答说："国君应以德安抚郑国，并对其加以教训。如果他们不接受，再率领诸侯前去攻打，他们挽救自己的危亡还来不及，难道能不害怕？但如果带着他们的罪人去攻打，他们就有话说了，还怕什么？再说会合诸侯的目的是尊崇德行，现在把诸侯召集起来却要让子华这样的奸邪之人成为国君，怎么向后人交代呢？再说，诸侯会见时，他们的德、刑、礼、义，每个国家都要加以记载。如果奉奸邪之人居于君位一事也被记上，那么国君的盟约就难以实现了。事情做了又不予以记载，就不能算是崇高的德行。国君不要同意，郑国一定会接受盟约的。子华身为太子，却求助大国来削弱自己的国家，必然难免祸患。郑国有叔詹、堵叔、师叔三位贤人执政，恐怕钻不成这个空子吧？"于是桓公谢绝了子华的请求。子华因此而得罪了郑国。

冬季，郑文公派使者到齐国请求结盟。

闰十二月，周惠王去世。襄王畏惧太叔带乘机制造祸乱，担心自己不能被立为王，就秘不发丧，先向齐国报告了面临的祸难。

# 僖公八年

## 【原文】

（经） 八年春[1]，王正月，公会王人、齐侯、宋公、卫侯、许男、曹伯、陈世子款[2]，盟于洮[3]。郑伯乞盟[4]。

夏，狄伐晋。

秋七月，禘于大庙[5]，用致夫人[6]。

冬十有二月丁未[7]，天王崩。

## 【注释】

①八年：公元前 652 年。

②王人：周朝使者。齐侯：齐桓公。宋公：宋桓公。卫侯：卫文公。许男：许僖公。曹伯：曹共公。

③洮：在今山东鄄城县南。

④郑伯：郑文公。

⑤禘：大祭。

⑥夫人：哀姜。

⑦此月日依周朝讣告发丧日，实周天子已死一年。

## 【译文】

八年春，周历正月，僖公与周朝使者、齐桓公、宋桓公、卫文公、许僖公、曹共公、陈太子款相会，在洮地结盟。郑文公请求加入盟会。

夏，狄国进攻晋国。

秋七月，在太庙举行大祭，是因为把夫人哀姜的神主放入太庙。

冬十二月丁未，周惠王去世。

【原文】

（传）　八年春，盟于洮①，谋王室也。郑伯乞盟，请服也②。襄王定位而后发丧③。

晋里克帅师，梁由靡御，虢射为右，以败狄于采桑④。梁由靡曰："狄无耻，从之必大克。"里克曰："惧之而已，无速众狄⑤。"虢射曰："期年，狄必至，示之弱矣⑥。"

夏，狄伐晋，报采桑之役也。复期月⑦。

秋，禘而致哀姜焉⑧，非礼也。凡夫人，不薨于寝，不殡于庙，不赴于同，不祔于姑⑨，则弗致也。

冬，王人来告丧，难故也⑩，是以缓。

宋公疾，大子慈父固请曰⑪："目夷长⑫，且仁，君其立之。"公命子鱼。子鱼辞，曰："能以国让，仁孰大焉⑬？臣不及也，且又不顺⑭。"遂走而退⑮。

【注释】

①八年：鲁僖公八年（公元前652年）。盟于洮（táo逃）。在洮地会盟。洮，地名，其北属鲁国，其南属曹国。

②请服：请求服罪。

③定位：安定王位。

④梁由靡：晋国大夫。虢射：晋国大夫，惠公之舅。采桑：晋国地名（在今山西乡宁县西。

⑤速：招致，招来。众狄：众多的狄人，即其他的狄人。

⑥示之弱：向他们示弱。

⑦复：犹言验证，应验。期月即期年。此是互文见义。复期月，即应了一年的预言。

⑧禘：禘祭。致哀姜：指把哀姜的神主放在太庙里。

⑨寝：正房。殡：停棺。同：同盟国。祔（fù付）：陪祭，新死者陪祭于先祖。姑：丈夫的母亲，此指祖姑。

⑩王人：周王派的人。

⑪宋公：指宋桓公，名御说，庄公之子，闵公之弟，在位三十一年。大子慈父：即宋襄公，宋桓公之嫡子，为宋国第十九君，在位十四年，为春秋时期五霸之一。

⑫目夷：字子鱼，宋襄公的庶兄。

⑬以国让：把国家让给别人。

⑭不顺：指不顺礼，即不合礼，违背立君之礼。此言废嫡立庶是违背立君之礼。

⑮退：退出去。"目夷走而退"，表示拒绝立己为君。


**【译文】**

鲁僖公八年春天，鲁僖公和周人、齐侯、宋公、卫侯、许男、曹伯、陈世子款在洮地会盟，商量安定周王室。郑伯乞求参加盟会，请求服罪。周襄王安定了王位然后举行丧礼。

晋国大夫里克率领军队，梁由靡驾驶战车，虢射做车右，在采桑地方打败了狄人。梁由靡说："狄人没有羞耻，追击一定大胜。"里克说："使他害怕就行了，不要招来更多的狄人。"虢射说："只要一年，狄人必然再来，不追击就是向他们示弱了。"

夏天，狄人攻打晋国，为了报复采桑的战役。这是应验了虢射所说一年的预言。

秋天，举行宗庙合祭并把哀姜的神主放在太庙里，这是不合于礼的。凡是夫人，如果不死在正房里，不停棺在祖庙里，不向同盟国发讣告，不陪祭祖姑，就不能把神主放到太庙里。

冬天，周天子派人来鲁国报告丧事，因为王室发生祸难，所以报告晚了。

宋桓公生病，太子慈父再三请求说："目夷年长，并且仁爱，君王还是立他为君。"宋桓公就命令立目夷为国君。目夷推辞，说："太子能够把国家辞让给别人，还有什么比这更大的仁爱吗？臣下不如他，而且又不合立君的礼法。"于是就快步退了出去。

# 僖公九年

## 【原文】

（经）　九年春，王三月丁丑，宋公御说①卒。

夏，公会宰周公②，齐侯、宋子、卫侯、郑伯、许男、曹伯于葵丘。

秋七月乙酉，伯姬卒。九月戊辰，诸侯盟于葵丘。甲子，晋侯佹诸卒。

冬，晋里克杀其君之子奚齐。

## 【注释】

①说：同悦。

②宰周公：即孔宰，为周王室太宰。

## 【译文】

九年春，周历三月丁丑日，宋公御说去世。

夏，鲁公与宰孔、齐侯、宋子、卫侯、郑伯、许男、曹伯出席葵丘之会。

秋七月乙酉日，伯姬去世。九月戊辰日，诸侯结盟于葵丘。甲子日，晋侯佹诸去世。

冬，晋国里克杀死其国君之子奚齐。

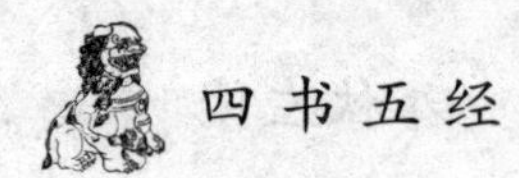

## 【原文】

（传）　九年春，宋桓公卒，未葬而襄公会诸侯，故曰"子"。凡在丧[1]，王曰"小童"，公侯曰"子"。

夏，会于葵丘，寻盟，且修好，礼也。

王使宰孔赐齐侯胙[2]，曰："天子有事于文、武，使孔赐伯舅胙[3]。"齐侯将下拜。孔曰："且有后命。天子使孔曰：'以伯舅耋老[4]，加劳，赐一级，无下拜。'"对曰："天威不违颜咫尺[5]，小白余敢贪天子之命，无下拜？恐陨越于下[6]，以遗天子羞。敢不下拜？"下，拜；登，受。

秋，齐侯盟诸侯于葵丘，曰："凡我同盟之人，既盟之后，言归于好。"

宰孔先归，遇晋侯曰："无可会也[7]。齐侯不务德而勤远略[8]，故北伐山戎，南伐楚，西为此会也。东略之不知，西则否矣。其在乱乎？君务靖乱[9]，无勤于行！"晋侯乃还。

九月，晋献公卒，里克、丕郑欲纳文公，故以三公子之徒作乱[10]。

初，献公使荀息傅奚齐，公疾，召之，曰："以是藐诸孤，辱在大夫[11]，其若之何？"稽首而对曰："臣竭其股肱之力，加之以忠贞。其济，君之灵也；不济，则以死继之。"公曰："何谓忠贞？"对曰："公家之利[12]，知无不为，忠也。送往事居[13]，耦俱无猜[14]，贞也。"

及里克将杀奚齐，先告荀息曰："三怨将作[15]，秦、晋辅之，子将何如？"荀息曰："将死之！"里克曰："无益也。"荀叔曰："吾与先君言矣，不可以贰[16]。能欲复言而爱身

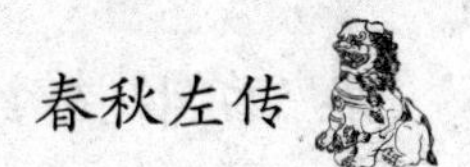

乎⑰？虽无益也，将焉辟之？且人之欲善，谁不如我？我欲无贰，而能谓人已乎⑱？"

冬十月，里克杀奚齐于次⑲。书曰"杀其君之子"。未葬也。荀息将死之，人曰："不如立卓子而辅之。"荀息立公子卓以葬。十一月，里克杀公子卓于朝，荀息死之。君子曰："《诗》所谓'白圭之玷⑳，尚可磨也；斯言之玷，不可为也'，荀息有焉！"

齐侯以诸侯之师伐晋，及高粱而还㉑，讨晋乱也。令不及鲁，故不书。

晋郤芮使夷吾重赂秦以求人㉒，曰："人实有国，我何爱焉？入而能民㉓，土于何有㉔？"从之。齐隰朋帅师会秦师，纳晋惠公㉕。秦伯谓郤芮曰："公子谁恃？"对曰："臣闻亡人无党㉖，有党必有仇。夷吾弱不好弄㉗，能斗不过，长亦不改，不识其他。"公谓公孙枝曰："夷吾其定乎？"对曰："臣闻之：唯则定国。《诗》曰：'不识不知，顺帝之则。'文王之谓也。又曰：'不僭不贼㉘，鲜不为则㉙。'无好无恶㉚、不忌不克之谓也㉛。今其言多忌克，难哉！"公曰："忌则多怨，又焉能克？是吾利也。"

宋襄公即位，以公子目夷为仁，使为左师以听政，于是宋治。故鱼氏世为左师。㉜

## 【注释】

①在丧：尚未举行葬礼。

②胙（zuò）：祭祀用的酒肉。

③伯舅：天子称异姓诸侯为伯舅。

④耋（dié）：老。

⑤咫（zhǐ）：八寸。咫寸形容很近。

⑥陨越：坠落。

⑦无：通毋。

⑧务：致力，从事。略：征伐，掠夺。

⑨请：安定、平定。

⑩三公子之徒：指申生、重耳、夷吾的党羽。

⑪藐：小，弱。

⑫公家：公室，诸侯的家族。

⑬往：死者。

⑭耦：指死者和生者。

⑮三怨：即前文三公子之徒。

⑯贰：有二心。

⑰复言：实践诺言。

⑱已：止。

⑲次：丧次，居丧时住的地方，类似茅屋。

⑳圭：一种玉器。玷：音 diàn，白玉上的斑点。

㉑高梁：晋地。

㉒郤芮：音 xì ruì。赂，赠送别人财物。

㉓能，得。

㉔土于何有：即何有于土。

㉕隰：音 xí。

㉖党：党羽。

㉗弱：年轻。好：音 hào。弄：戏耍。

㉘僭（jiàn）：虚假，不真实。贼：伤害。

㉙鲜（xiǎn）：少。

㉚好（hào）：喜爱。恶（wù）：厌恶。

㉛忌：猜忌。克：战胜。

㉜左师：执政官名。

# 【译文】

九年春季，宋桓公卒。还没有安葬，宋襄公就会见诸侯，所以《春秋》称他为"子"。凡是在丧事期间，周王称为"小童"，宋诸侯称为"子"。

夏季，僖公和宰周公、齐侯、宋子、卫侯、郑伯、许男、曹伯在葵丘会见。重温以往的盟约，同时也是为了建立新的友好关系，这是合于礼的。

周襄王派宰孔赐给齐桓公祭肉，说："天子祭祀文王、武王，派遣我赐给伯舅祭肉。"齐桓公准备下阶拜谢，宰孔说："还有一道命令。天子派我说：'因为伯舅年事已高，加上功劳，另赐一级，不用下阶拜谢。'"齐桓公回答说："天子的威严就在面前，小白我岂敢接受天子的命令而不下阶拜谢？不下拜我恐怕栽跟头，给天子带来羞辱，岂敢不下阶拜谢？"于是齐桓公走下台阶拜谢，登上台阶接受祭肉。

秋天，齐桓公在葵丘和诸侯会盟，说："凡是我们一起缔结盟约的人，既然已经盟誓，就要彼此友好相处。"

周王的宰孔先回国，途中遇见晋献公，说："可以不去参加会盟了。齐侯不重德义而忙于对外远征，所以在北边攻打山戎，在南边攻打楚国，在西边就举行了这次盟会。往东边要做些什么还不知道，攻打西边是不可能的。晋国也许会有祸难吧！君王应当安定内乱，不必忙着前去！”晋献公听了这话就回国了。

九月，晋献公卒。里克、平郑想接纳文公为国君，所以就发动申生、重耳、夷吾三位公子的党羽作乱。

当初，晋献公派荀息辅助奚齐。献公病中召见荀息，说：“把这个弱小的孤儿托付给您，您打算怎么办？”荀息叩头说：“下臣愿意竭尽全力，再加上忠贞不贰进行辅助。如果事情成功，那是君王在天之灵的保佑；如果不成功，臣将以一死效命。”献公说：“什么叫忠贞？”荀息回答说：“有利于国家的事，知道了没有不做的，这就是忠。送葬去世的，侍奉活着的，两方面都没有猜疑，就是贞。”

等到里克准备杀掉奚齐，事先告诉荀息说：“三位公子的党羽将要作乱，秦国和晋国都支持他们，您打算怎么办？”荀息说：“打算死。”里克说：“死也没有用。”荀息说：“我对先君说过了，不能改变。难道既想要兑现诺言而又爱惜身躯吗？虽说死也没有用，又能躲避到哪里去呢？况且人们要想做好事，谁不像我一样？我不想违背诺言，难道能阻止别人不去做好事吗？”

冬季，十月，里克在居丧的房子里杀掉了奚齐。《春秋》记载说“里克杀死他君主的儿子”，称奚齐为“君之子”，这是因为献公还未安葬。荀息准备自杀，有人说：“不如立公子卓为国君而辅佐他。”荀息于是拥立公子卓，安葬了献公。十一月，里克又在朝廷上杀死公子卓。荀息就自杀了。君子说：“《诗经》中说的‘白玉圭上的斑点，还可以磨掉呀；

这语言上的污点，就不可以磨掉呀'，荀息就是这样的情况啊！"

齐侯率领诸侯的军队进攻晋国，到达高梁就回国了，这是为了讨伐晋国发生的内乱。出兵的命令没有到达鲁国，所以《春秋》未加记载。

晋大夫郤芮劝公子夷吾给秦国馈送厚礼，以此请求秦国帮助他返回晋国，他说："别人占有了国家，我们还有什么值得爱惜的？如果能回国得到百姓，土地还怕没有吗？"夷吾听从了他的话。齐国的隰朋率领军队会合秦军，送夷吾回国即位。秦穆公对郤芮说："公子依靠谁？"郤芮回答说："臣听说逃亡在外的人没有党羽，有党羽必定就有仇敌。夷吾小时候不喜欢玩耍，能够与人争斗但不过分，这种个性长大了也没有改变，其他情况我就不知道了。"秦穆公对公孙枝说："夷吾能够安定晋国吗？"公孙枝回答说："臣听说，只有行为合乎法则，才能安定国家。《诗》说：'无知无识，顺应上天的法则。'这说的就是文王啊。又说：'不弄假，不伤害，很少有不为人所学习的。'没有偏好，也没有怨恨，既不猜忌，也不好胜。如今夷吾的话里边既猜忌而又好胜，要他安定晋国，或许很难吧！"穆公说："猜忌就多怨恨，又怎么能够取胜？这对我们秦国是有利的。"

宋襄公做了君主，认为公子目夷仁爱，让他担任左师掌管政事，因为这样而使宋国大治。所以目夷的后人鱼氏世世代代继承左师的官职。

# 僖公十年

## 【原文】

（经） 十年春①，王正月，公如齐。狄灭温，温子奔卫。晋里克弑其君卓，及其大夫荀息。夏，齐侯、许男伐北戎②。晋杀其大夫里克。秋七月。冬，大雨雪。

## 【注释】

①十年：公元前 650 年。

②齐侯：齐桓公。许男：许僖公。北戎：山戎。

## 【译文】

十年春，周历正月，僖公去齐国。狄人灭亡温国，温国国君逃亡到卫国。晋里克杀害他的国君卓，及他们国家的大夫荀息。夏，齐桓公、许僖公攻打北戎。晋国杀死他们的大夫里克。秋七月。冬天，下了大雪。

## 【原文】

（传） 十年春，狄灭温，苏子无信也。苏子叛王即狄，又不能于狄，狄人伐之，王不救，故灭。苏子奔卫。

夏四月，周公忌父、王子党会齐隰朋立晋侯①。晋侯杀

秦穆公济河焚舟

里克以说。将杀里克，公使谓之曰："微子则不及此②。虽然子弑二君与一大夫，为子君者不亦难乎？"对曰："不有废也，君何以兴？欲加之罪，其无辞乎？臣闻命矣。"伏剑而死。于是丕郑聘于秦，且谢缓赂，故不及。晋侯改葬共大子③。

秋，狐突适下国④，遇大子，大子使登，仆⑤，而告之曰："夷吾无礼，余得请于帝矣。将以晋畀秦，秦将祀余。"对曰："臣闻之，神不歆非类⑥，民不祀非族。君祀无乃殄乎⑦？且民何罪？失刑乏祀⑧，君其图之。"君曰："诺。吾将复请。七日新城西偏，将有巫者而见我焉。"许之，遂不见。及期而往，告之曰："帝许我罚有罪矣，敝于韩⑨。"丕郑之如秦也，言于秦伯曰："吕甥、郤称、冀芮实为不从⑩，若重问以召之，臣出晋君，君纳重耳，蔑不济矣⑪。"

冬，秦伯使泠至报问⑫："且召三子。"郤芮曰："币重而言甘，诱我也。"遂杀丕郑、祁举及七舆大夫⑬：左行共华，右行贾华、叔坚、骓歂、累虎、特宫、山祁，皆里、丕之党也。丕豹奔秦⑭，言于秦伯曰："晋侯背大主而忌小怨⑮，民弗与也⑯，伐之必出。"公曰："失众，焉能杀。违祸，谁能出君。"

【注释】

①周公忌父：周王室卿。王子党：周王室大夫。晋侯：即晋惠公，夷吾。

②微子：没有您。微，无。不及此：即做不了国君。

③共大子：即太子申生。

④下国：指曲沃新城。

⑤仆：御车，驾车。

⑥歆：享用。非类：不同族。

⑦殄（tiǎn）：灭绝。

⑧乏祀：祭祀断绝。

⑨敝：败。韩：韩原，晋地名。

⑩吕甥：又称瑕甥，也称瑕吕饴甥或阴饴甥。吕、瑕、阴皆为其采邑，饴，人名；甥，亚侯的外甥。郤称：晋臣。冀芮：即郤芮。不从：指不与秦赂。

⑪蔑：无。

⑫泠（líng）至：秦大夫。

⑬祁举：晋大夫。七舆大夫：指下军的七个统帅，即左行共华等七人。

⑭丕豹：丕郑之子。

⑮大主：指秦国。

⑯弗与：不拥护。

## 【译文】

鲁僖公十年春天，狄人灭亡了温国。是因苏子背叛周天子而投奔了狄人。又同狄人相处不来。狄人攻打他，周天子不去援救，因此温国就灭亡了。苏子逃亡到卫国。

夏四月，周公忌父，王子党会同齐国的隰朋立了晋侯。晋侯杀里克为自己释嫌。晋侯将要杀里克时，派人对里克说："如果没有您，我就到不了这一步。即使如此，您毕竟杀了两个国君和一个大夫，做您的国君，确实有点为难。"里克回答说："如果不废掉奚齐、卓子，君王怎能继位？

如想给一个人加上罪名，难道还怕没有理由吗？我听到命令了。"用剑自刎而死。当时丕郑正在秦国访问，是为了推迟送礼而去道歉。因此他侥幸没碰上这祸患。晋侯改葬了太子申生。

秋天，狐突到曲沃去，遇见太子申生的鬼魂。太子让他登车驾驭，并告诉他："夷吾无礼，我已请求上帝同意，准备把晋国送给秦国，将来秦国会祭祀我。"狐突回答："我听说：'神灵不会享受别族的祭品，百姓也不会祭祀外族的神灵。'您的祭祀大概要断绝了吧？"太子说："好，我将再次请求。过七天，新城西边会有一巫师来表达我的意思。"狐突同意去见巫师，这时申生突然不见了。狐突届时前往，巫师告诉他："上帝已同意我惩罚有罪之人，夷吾将在韩地大败。"丕郑去秦国时，对秦穆公说："吕甥、郤称、冀芮并不同意给秦国土地财产，如果用重礼来召请他们，我让晋国国君出走，您帮助重耳回国即位，没有不成功的。"

冬天，秦伯派泠至到晋国回聘，向吕甥三人赠送了财物，并且召请三人到秦国访问。郤芮说："财礼贵重而说话甘甜。这是诱骗我们。"于是杀了丕郑、祁举和七个舆大夫：左行共华、右行贾华、叔坚、骓颛、累虎、特宫、山祁，都是里克、丕郑的党羽。丕郑的儿子丕豹逃亡到秦国，对秦伯说："晋侯背叛了大主而忌恨小怨。百姓不拥护他。如果我国讨伐他，百姓肯定会赶他走。"秦伯说："如果夷吾失去百姓，怎么还能杀掉大臣？百姓都要逃离祸难，谁能赶走国君呢？"

# 僖公十一年

**【原文】**

（经）　十有一年春，晋杀其大夫丕郑父[1]。夏，公及夫人姜氏会齐侯于阳榖[2]。秋八月，大雩。冬，楚人伐黄。

**【注释】**

①丕父即丕郑，父字可加可省，其实一也。

②按当时礼节，妇人送迎亲友宾客不出门，见兄弟不越出门限，夫人与僖公一起去外地会见诸侯，不合于礼，故书。

**【译文】**

十一年春，晋杀死其大夫丕郑。夏，鲁公及夫人姜氏一起在阳榖会见齐侯。秋八月，举行祈雨之祭。冬，楚人讨伐黄。

**【原文】**

（传）　十一年春，晋侯使以丕郑之乱来告。

天王使召武公、内史过赐晋侯命[1]。受玉惰[2]。过归，告王曰："晋侯其无后乎。王赐之命而惰于受瑞[3]，先自弃也已，其何继之有④？礼，国之干也⑤。敬，礼之舆也⑥。不敬则礼不行，礼不行则上下昏⑦，何以长世⑧？”

夏，扬、拒、泉、皋、伊、洛之戎同伐京师⑨，入王城，焚东门。王子带召之也。秦、晋伐戎以救周。秋，晋侯平戎于王⑩。

黄人不归楚贡。冬，楚人伐黄。

## 【注释】

①天王：指周襄公。召武公：周卿士。内史过：周大夫。赐晋侯命：赐予晋侯荣宠一类的策命。

②受玉：接受瑞玉。古代天子赐策命时同时赐玉以作为信凭。惰：懈怠，即不恭敬。

③瑞：玉的通称。

④继：继承人。

⑤干：主干，躯干。

⑥舆：车厢。

⑦昏：乱。

⑧长世：延长世代。

⑨扬、拒、泉、皋：此为四个戎人城邑。伊、洛：指居住在伊水、洛水一带的戎人。

⑩平戎于王：使戎人与周天子媾和。

## 【译文】

十一年春季，晋惠公派人来鲁国报告丕郑策动叛乱一事。

　　周天子派召武公、内史过赐爵晋惠公。惠公接受玉璧时显得懒洋洋的。内史过回去告诉天子说："晋侯的后代看来难以享有禄位了。天子赐给他荣耀，他反而懒洋洋地去接受玉璧，这就说明他自己就先抛弃自己了，还能有什么后代？礼，犹如一个国家的躯干；恭敬，则是装载礼的车子。不恭敬，礼就无法实施，礼不能实施，国家上下就会昏乱，还靠什么延续下去呢？"

　　夏季，扬、拒、泉、皋、伊、洛的戎人一起攻打京城。侵入王城后，火烧了东门。这是王子带把他们引来的。秦、晋军队进攻戎军以救援王室。秋季，晋惠公让戎人和天子言归于好。

　　黄国人不向楚国进贡。冬季，楚国人攻打黄国。

# 僖公十二年

**【原文】**

　　（经）　十有二年春①，王三月庚午，日有食之。

　　夏，楚人灭黄。

　　秋七月。

　　冬十有二月丁丑，陈侯杵臼卒②。

**【注释】**

　　①十有二年：公元前 648 年。

②陈侯：陈宣公。

**【译文】**

十二年春，周历三月庚午，发生日食。

夏，楚国人灭亡了黄国。

秋七月。

冬十二月丁丑，陈宣公杵臼去世。

**【原文】**

（传）　十二年春，诸侯城卫楚丘之郛①，惧狄难也。

黄人恃诸侯之睦于齐也，不共楚职，曰："自郢及我九百里②，焉能害我？"夏，楚灭黄。

王以戎难故③，讨王子带。秋，王子带奔齐。冬，齐侯使管夷吾平戎于王，使隰朋平戎于晋。

王以上卿之礼飨管仲④。管仲辞曰："臣，贱有司也⑤。有天子之二守国、高在⑥，若节春秋来承王命，何以礼焉⑦？陪臣敢辞⑧。"王曰："舅氏⑨，余嘉乃勋，应乃懿德，谓督不忘⑩。往践乃职，无逆朕命⑪！"管仲受下卿之礼而还⑫。

君子曰："管氏之世祀也宜哉⑬！让不忘其上⑭。《诗》曰：'恺悌君子，神所劳矣⑮。'"

**【注释】**

①十二年：鲁僖公十二年（公元前 648 年）。郛（fú 孚）：外城，即郭。

②职：赋税，此指进贡。郢：楚国国都（在今湖北江陵县）。

③以戎难故：因为戎人的祸难缘故。难，祸难。

④以上卿之礼：用上卿的礼节。飨：宴飨，即设宴招待。

⑤贱有司：低贱的官员。有司，犹言官员，官吏。管仲为齐桓公所命，为下卿，故言"贱有司。"

⑥二守：二位守国的上卿。国、高：国氏、高氏，为周天子所命的齐国二守臣，都是上卿。

⑦节春秋：春秋两季时节。节，时节。来承王命：指国、高二卿来朝接受周天子的命令。

⑧陪臣：凡诸侯之臣，在天子面前自称"陪臣"。

⑨舅氏：伯舅之使称舅氏，当时周王称齐侯为伯舅，故称其臣为舅氏。

⑩督：借为笃，笃厚，深厚。谓督不忘，可以说功勋、美德笃厚而不能忘。

⑪往践乃职：去居享你的尊职。管仲位卑而执齐政，故周王不言其位而言其职。朕（zhèn 振）：我；秦以前泛指我，自秦始皇起专用作皇帝自称。

⑫下卿之礼：指本位之礼。杜预注："管仲不敢以职自高，卒受本位之礼。"

⑬世祀：世世代代享受祭祀。

⑭其上：爵位比他高的上卿，即以国、高之位在上。

⑮《诗》：指《诗经·大雅·旱麓》篇。恺（kǎi 慨）：和乐。悌：平易。劳：犹言保佑，佑助。

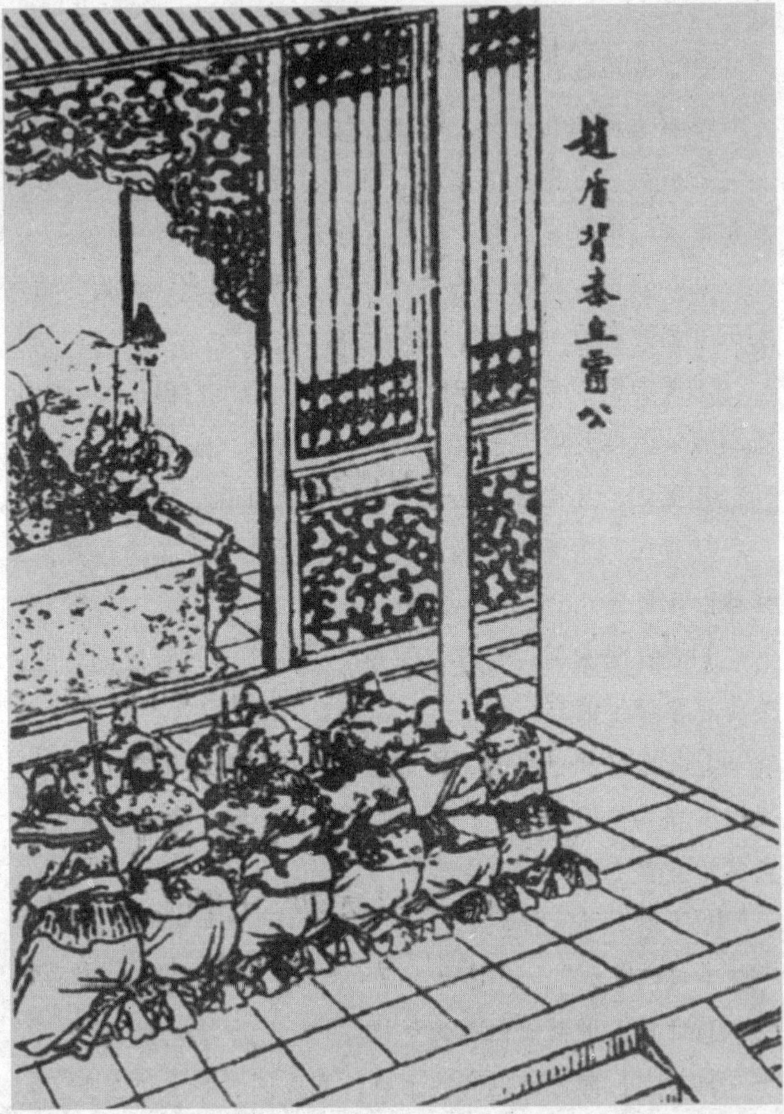

赵盾背秦立灵公

## 【译文】

鲁僖公十二年春天，诸侯在卫国建筑楚丘的外城，是因为害怕狄人的祸难。

黄国人倚仗诸侯和齐国和睦，不向楚国进贡，说："从郢都到我国有九百里，楚国怎能危害我国？"夏天，楚国灭亡了黄国。

周王由于戎人的祸难缘故，攻打王子带。这年秋天，王子带逃奔到齐国。冬天，齐桓公派管仲让戎人和周王媾和，派隰朋让戎人和晋国媾和。

周天子以上卿的礼节宴飨管仲。管仲辞谢说："陪臣，是低贱的官员。现在有天子所命的二位守国上卿国氏、高氏在，如果他们在春秋两季来承受天子的命令，又用什么礼节接待他们呢？陪臣谨敢辞谢。"周王说："舅氏，我赞美你的功勋，接受你的美德，可以说笃厚而不能忘记的。去居享你的职务，不要违背我的命令！"最后，管仲接受了下卿的礼节而回国。

君子评论说："管氏世世代代享受祭祀是应该的啊！谦让而不忘爵位比他高的上卿。《诗经》说：'和乐平易的君子，是神灵所保佑的了。'"

# 僖公十三年

【原文】

（经）　十有三年春，狄侵卫。

夏四月，葬陈宣公。公会齐侯、宋公、陈侯、卫侯、郑伯、许男、曹伯于咸。

秋九月，大雩。

冬，公子友如齐。

【译文】

十三年春，狄人侵卫。

夏四月，为陈宣公举行葬礼。鲁公与齐侯、宋公、陈侯、卫侯、郑伯、许男、曹伯在咸地会见。

秋九月，举行祈雨仪式。

冬，鲁公子友前往齐国。

【原文】

（传）　十三年春，齐侯使仲孙湫聘于周[1]，且言王子带[2]。事毕，不与王言。归，复命曰："未可。王怒未怠[3]，其十年乎！不十年，王弗召也。"

夏，会于咸，淮夷病杞故，且谋王室也。

秋，为戎难故，诸侯戍周。齐仲孙湫致之。

冬，晋荐饥④，使乞籴于秦⑤。秦伯谓子桑："与诸乎⑥？"对曰："重施而报⑦，君将何求？重施而不报，其民必携⑧。携而讨焉；无众，必败。"谓百里⑨："与诸乎？"对曰："天灾流行，国家代有⑩。救灾恤邻，道也。行道有福。"丕郑之子豹在秦，请伐晋。秦伯曰："其君是恶⑪，其民何罪？"秦于是乎输粟于晋，自雍及绛相继⑫，命之曰"泛舟之役⑬"。

## 【注释】

①湫：音 jiǎo。

②十二年王子带奔齐，齐侯想让周襄王召回王子带。

③怠：缓。

④荐：重，频。饥：饥荒，年成不好。

⑤籴，买进粮食。

⑥诸：之于。

⑦重：再一次。重施：指即使夷吾回国即位，又给他们粮食。

⑧携：离。

⑨百里：指百里奚。

⑩代：交替，轮流。

⑪恶：音 wù。

⑫雍：秦都。绛：晋都。

⑬泛：浮。

## 【译文】

十三年春季，齐桓公派仲孙湫到成周访问，同时谈要周天子召回王子带的事情。访问结束后，仲孙湫没有向周天子说起王子带。回国后，向齐侯报告说："现在还不行。天子的怒气消除，或许要等十年吧！不到十年，天子是不会召他回去的。"

夏天，僖公在卫地咸和齐侯、宋公、陈侯、卫侯、郑伯、许男、曹伯会见，这是由于淮夷使杞国受到威胁的缘故，同时也是为了商量如何捍卫王室。

秋天，由于戎人造成的祸难，诸侯派兵戍守王城。齐国的仲孙湫奉命带去了援军。

冬季，晋国发生严重饥荒，派人到秦国请求购买粮食。秦穆公对大夫子桑说："给他们提供吗？"子桑回答说："再一次施给恩惠而得到晋国的报答，那君王还要求什么呢？再一次施给恩惠而得不到晋国的厚报，他们的百姓必然人心离散。人心离散了再去讨伐他们，没有民众的支持就必然失败。"秦穆公对大夫百里说："给他们吗？"百里回答说："自然灾害的发生，各个国家总会交替出现的。救援灾荒，体恤邻国，这是合乎道义的。按道义办事必有福禄。"丕郑的儿子丕豹正在秦国，他请求乘机攻打晋国。秦穆公说："憎恶晋国的君主是很自然的，但晋国的百姓又有什么罪呢？"秦国于是把粮食运送到晋国，从秦都雍到晋都绛，一路上运粮的船队络绎不绝，人们把这次运粮称为"泛舟之役"。

# 僖公十四年

**【原文】**

（经）　十四年春，诸侯城缘陵。

夏六月，季姬及鄫子遇于防。使鄫子来朝。

秋八月辛卯，沙鹿崩①。狄侵郑。

冬，蔡侯肸卒。

**【注释】**

①沙鹿：地名，在今河北大名县东。

**【译文】**

十四年春，诸侯在缘陵筑城。

夏六月，季姬与鄫子相遇于防。使鄫子来鲁国朝见。

秋八月辛卯日，沙鹿山崩。狄人侵入郑国。

冬，蔡侯肸卒。

**【原文】**

（传）　十四年春，诸侯城缘陵而迁杞焉。不书其人，有阙也。鄫季姬来宁，公怒，止之，以鄫子之不朝也。

夏，遇于防，而使来朝。

秋八月辛卯，沙鹿崩。晋卜偃曰：“期年将有大咎，几亡国。”

冬，秦饥，使乞籴于晋，晋人弗与。庆郑曰[1]：“背施无亲[2]，幸灾不仁，贪爱不祥[3]，怒邻不义。四德皆失，何以守国？”虢射曰[4]：“皮之不存，毛将安傅？”庆郑曰：“弃信背邻，患孰恤之？无信患作，失援必毙，是则然矣。”虢射曰：“无损于怨而厚于寇[5]，不如勿与。”庆郑曰：“背施幸灾，民所弃也。近犹仇之，况怨敌乎。”弗听，退曰：“君其悔是哉！”

## 【注释】

①庆郑：晋大夫。

②背施：背弃恩惠。

③贪爱：贪图所爱的东西。

④虢射：晋大夫。

⑤厚于寇：增加敌人的实力。

## 【译文】

鲁僖公十四年春天，诸侯在缘陵修筑城墙。然后，把杞国迁了进去。《春秋》没记载筑城的人，是文献上有漏缺。鄫季姬回国走娘家，僖公发怒，留住她不让回去，因为鄫子不来朝见。

夏天，季姬和鄫子在防地见面，季姬让鄫子前去朝见。

秋八月五日，沙鹿山崩塌。晋国的卜偃说：“一年内将有大难，有亡国的危险。”

冬天，秦国有灾荒，派人到晋国籴粮食。但晋国不给。庆郑说："背弃恩惠就没有亲人，庆幸别国的灾祸就是不仁，贪图所爱惜的东西就会不吉祥，使邻国发怒就是不义。四种道德都丢失了，用什么来守卫国家呢？"虢射说："皮已不存在，毛还依附在哪里？"庆郑说："丢弃信义，背弃邻国，谁来抚恤患难？没有信义，祸患就会发生；失去援救定会灭亡。这件事就是这个道理。"虢射说："给了粮食也不会使怨恨减少，反而增加了敌人的实力，不如不给。"庆郑说："背弃恩惠，庆幸别人的灾祸，这是百姓唾弃的行为。亲近的人尚且仇视，何况怨恨的敌人呢？"晋侯不听。庆郑退下堂来说："国君将来必定对此而后悔。"

# 僖公十五年

**【原文】**

（经）　十有五年春，王正月，公如齐。楚人伐徐。三月，公会齐侯、宋公、陈侯、卫侯、郑伯、许男、曹伯盟于牡丘，遂次于匡①。公孙敖帅师及诸侯之大夫救徐②。夏五月，日有食之。秋七月，齐师、曹师伐厉③。八月，螽。九月，公至自会。季姬归于鄫。己卯晦，震夷伯之庙④。冬，宋人伐曹。楚人败徐于娄林⑤。十有一月壬戌，晋侯及秦伯战于韩，获晋侯。

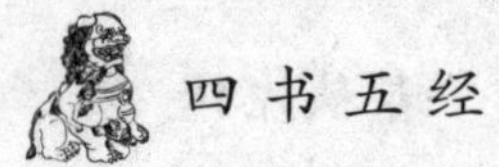



## 【注释】

①牡丘：地名，在今山东省聊城市。次于匡：诸侯在牡丘结盟，随即把军队屯扎匡地。

②公孙敖：鲁庆父之子孟穆伯也。他负责统领鲁军与诸侯之军一起，前往救徐。

③厉：国名，地在今湖北省随县之厉山店。

④晦：为晦朔之晦，即月末之日为晦。震：雷击也。夷伯：鲁大夫展氏之祖父。

⑤娄林：徐地，在今安徽省泗县东北。

## 【译文】

十五年春，周历正月，鲁公去往齐国。楚人征伐徐国。三月，鲁公与齐侯、宋公、陈侯、卫侯、郑伯、许男、曹伯会见，并在牡丘结盟，随即把军队屯扎在匡地。公孙敖统领鲁军与诸侯之大夫统领各国军队一起前往救徐。夏五月，日食。秋七月，齐国、曹国之军队伐厉国。八月，发生蝗灾。九月，鲁公由牡丘之会返国。季姬回到鄫国。九月三十日，雷击夷伯之庙。冬，宋人征伐曹国。楚军在娄林打败徐国之军。十一月十四日，晋侯与秦伯在韩地交战。晋侯为秦国俘获。

## 【原文】

（传）　十五年春，楚人伐徐。徐即诸夏故也①。三月，盟于牡丘，寻葵丘之盟，且救徐也。孟穆伯帅师及诸侯之师救徐②，诸侯次于匡以待之。

夏五月，日有食之。不书朔与日，官失之也。

秋，伐厉，以救徐也。

晋侯之入也，秦穆姬属贾君焉，且曰："尽纳群公子。"晋侯烝于贾君，又不纳群公子，是以穆姬怨之。晋侯许赂中大夫，既而皆背之③。赂秦伯以河外列城五④，东尽虢略⑤，南及华山，内及解梁城⑥，既而不与。晋饥，秦输之粟；秦饥，晋闭之籴⑦，故秦伯伐晋。

卜徒父筮之，吉。涉河，侯车败⑧。诘之，对曰："乃大吉也，三败必获晋君。其卦遇《蛊》䷑⑨，曰：'千乘三去，三去之余，获其雄狐⑩。'夫狐《蛊》⑪，必其君也。《蛊》之贞⑫，风也；其悔⑬，山也。岁云秋矣，我落其实而取其材⑭，所以克也。实落材亡，不败何待？"

三败及韩⑮。晋侯谓庆郑曰："寇深矣，若之何？"对曰："君实深之，可若何？"公曰："不孙⑯。"卜右，庆郑吉，弗使。步扬御戎，家仆徒为右，乘小驷⑰，郑入也。庆郑曰："古者大事，必乘其产⑱，生其水土而知其人心，安其教训而服习其道⑲，唯所纳之⑳，无不如志。今乘异产以从戎事，及惧而变，将与人易㉑。乱气狡愤㉒，阴血周作㉓，张脉偾兴，外强中干。进退不可，周旋不能，君必悔之。"弗听。

九月，晋侯逆秦师，使韩简视师。复曰："师少于我，斗士倍我㉔。"公曰："何故？"对曰："出因其资㉕，入用其宠㉖，饥食其粟，三施而无报，是以来也。今又击之，我怠秦奋，倍犹未也。"公曰："一夫不可狃㉗，况国乎。"

伏羲氏画八卦图

遂使请战，曰：“寡人不佞，能合其众而不能离也[28]，君若不还，无所逃命。”秦伯使公孙枝对曰：“君之未入，寡人惧之，入而未定列[29]，犹吾忧也；苟列定矣，敢不承命[30]。”韩简退曰：“吾幸而得囚[31]。”

壬戌，战于韩原，晋戎马还泞而止[32]。公号庆郑[33]。庆郑曰：“愎谏违卜，固败是求[34]，又何逃焉。”遂去之。梁由靡御韩简[35]，虢射为右，辂秦伯[36]，将止之[37]。郑以救公误之，遂失秦伯。秦获晋侯以归。晋大夫反首拔舍从之[38]。秦伯使辞焉，曰：“二三子何其戚也？寡人之从君而西也，亦晋之妖梦是践[39]，岂敢以至。”晋大夫三拜稽首曰：“君履后土而戴皇天，皇天后土实闻君之言，君臣敢在下风。”

穆姬闻晋侯将至，以大子罃、弘与女简、璧登台而履薪焉[40]，使以免服衰绖逆，且告曰：“上天降灾，使我两君匪以玉帛相见[41]，而以兴戎。若晋君朝以入，则婢子夕以死；夕以入，则朝以死。唯君裁之。”乃舍诸灵台[42]。

大夫请以入。公曰：“获晋侯，以厚归也[43]。既而丧归[44]，焉用之？大夫其何有焉？且晋人戚忧以重我[45]，天地以要我。不图晋忧，重其怒也[46]；我食吾言，背天地也。重怒难任，背天不祥，必归晋君。”公子絷曰：“不如杀之，无聚慝焉[47]。”子桑曰：“归之而质其大子，必得大成[48]。晋未可灭而杀其君，只以成恶。且史佚有言曰：‘无始祸[49]，无怙乱[50]，无重怒。’重怒难任，陵人不祥。”乃许晋平。

晋侯使郤乞告瑕吕饴甥，且召之。子金教之言曰：“朝国人而以君命赏[51]，且告之曰：‘孤虽归，辱社稷矣。其卜贰圉也。’”众皆哭。晋于是乎作爰田[52]。吕甥曰：“君亡之不恤，而群臣是忧，惠之至也。将若君何？”众曰：“何为而可？”对曰：“征缮以辅孺子[53]，诸侯闻之，丧君有君，群臣辑睦[54]。甲兵益多，好我者劝，恶我者惧。庶有益乎！”众说[55]。晋于是乎作州兵[56]。

初，晋献公筮嫁伯姬于秦，遇《归妹》䷵之《睽》䷥[57]。史苏占之曰：“不吉。其繇曰[58]：‘士刲羊[59]，亦无衁也[60]。女承筐，亦无贶也[61]。西邻责言[62]，不可偿也。《归妹》之《睽》，犹无相也[63]。’《震》之《离》，亦《离》之《震》。‘为雷为火[64]，为嬴败姬，车说其輹[65]，火焚其旗，不利行师，败于宗丘。《归妹》《睽》孤[66]，寇张之弧[67]，侄其从姑，六年其逋[68]，逃归其国，而弃其家，明年其死于高梁之虚。’”及惠公在秦，曰：“先君若从史苏之占，吾不及此夫。”韩简侍，曰：“龟，象也[69]；筮，数也[70]。物生而后有象，象而后有滋，滋而后有数。先君之败德，及可数乎？史苏是占，勿从何益[71]？《诗》曰[72]：‘下民之孽，匪降自天，僔沓背憎，职竞由人。’”

震夷伯之庙，罪之也，于是展氏有隐慝焉[73]。

冬，宋人伐曹，讨旧怨也。

楚败徐于娄林，徐恃救也。

十月，晋阴饴甥会秦伯，盟于王城。

秦伯曰：“晋国和乎？”对曰：“不和。小人耻失其君而悼丧其亲，不惮征缮以立圉也，曰：‘必报仇，宁事戎狄。’君子爱其君而知其罪，不惮征缮以待秦命，曰：‘必报德，有死无二。’以此不和。”秦伯曰：“国谓君何？”对曰：“小人戚，谓之不免。君子恕，以为必归。小人曰：‘我毒秦，秦岂归君？'君子曰：'我知罪矣，秦必归君。贰而执之，服而舍之，德莫厚焉，刑莫威焉。服者怀德，贰者畏刑。此一役也，秦可以霸。纳而不定，废而不立，以德为怨，秦不其然[74]。'"秦伯曰："是吾心也。"改馆晋侯[75]，馈七牢焉[76]。

蛾析谓庆郑曰："盍行乎？"对曰："陷君于败，败而不死，又使失刑，非人臣也。臣而不臣[77]，行将焉入？"十一月，晋侯归。丁丑，杀庆郑而后入。

是岁，晋又饥，秦伯又饩之粟，曰："吾怨其君而矜其民。且吾闻唐叔之封也，箕子曰：'其后必大。'晋其庸可冀乎！姑树德焉以待能者。"

于是秦始征晋河东[78]，置官司焉。

## 【注释】

①即：接近，亲附。诸夏：中原诸侯国。

②孟穆伯：即公孙敖，庆父之子。

③既而：不久。

④河外：指黄河以西、以南。黄河自龙门至华阴，自北而南，晋都于降，故以河西与河南为外。

⑤东尽虢略：东到虢略，尽，极。虢略，即今河南省灵宝市虢略镇。

⑥内及解梁城：包括黄河之内的解梁城。内，河内。解梁城，即今山西省永济市的解城，不列在五城之内。

⑦闭之籴：拒绝秦国买粮。

⑧侯车：公侯的战车。败：毁坏。

⑨《蛊》：六十四卦之一，其卦为下巽上艮。

⑩千乘三去三句：为当时卜筮书杂辞，周易无此文。三去即三驱，指晋军三败。

⑪狐《蛊》：占筮得到蛊卦，《蛊》之外卦为艮，艮象征狐。又，古人常以雄狐喻国君。

⑫贞：重卦的内卦（下卦）又称贞。《蛊》卦的内卦为巽，巽象征风。

⑬悔：重卦的外卦（上卦）又称悔。《蛊》卦的外卦为艮，艮象征山。

⑭我落其实，而取其材：巽为内卦，代表秦国；艮为外卦，代表晋国。秦为风，晋为山，风吹山林，故附会为吹落果实，伐取木材。

⑮三败：指晋军三次战败。韩：韩原，晋，地名。

⑯不孙：不敬，孙通"逊"。

⑰乘小驷：用小驷马驾车。

⑱乘其产：乘坐本国所产之马。

⑲服习：熟习。

⑳唯所纳：听凭使唤。纳：接受。

㉑与人易：与人的意志相违反。易，反。

㉒乱气狡愤：指马的性情狡戾暴躁。

㉓阴血周作：血液在全身奔流。阴血，血在身内故称阴血。周，全。

㉔斗士：请战兵士。

㉕出因其资：指夷吾逃离晋国是凭借秦国的帮助。

㉖入用其宠：夷吾回国也是由于秦人的宠信。

㉗狃：轻侮。

㉘合其众：集合起军队。

㉙定列：定位，即君位安定。

㉚承命：指接受作战的命令。

㉛幸而得囚：即以被囚而幸运。

㉜还泞：盘旋于泥泞中。

㉝号：呼号求救。

㉞固败是求：本来就是自求失败。

㉟御韩简：即驾驭韩简的战车。

㊱辂（lù）秦伯：迎上秦伯的战车。

㊲止：俘获。

㊳晋大夫：指郤乞等。反首：披头散发。拔舍：拔起帐篷。

㊴妖梦是践：即实现其妖梦。妖梦，指狐突适下国，遇太子一事。

㊵履薪：踩着柴草，以示自焚。

㊶匪：通“非”。玉帛：圭璋及束帛，为古代诸侯会盟朝聘的礼物。

㊷灵台：秦国之台。

㊸厚：收获大。

㊹丧归：归来将发生丧事。

㊺重我：打动我。

㊻重其怒：增加其愤怒。

㊼聚慝：积聚邪恶。

㊽大成：很大的媾和条件。

㊾始祸：为祸乱的首倡者。

㊿怙乱：恃人之乱以取利。

51朝国人：使国人到朝堂前。国人，都城里的人。

52作爰田：把土地分赏众人，减轻劳役地租。

53征缮：征收赋税，修缮装备武器。孺子：指子圉。

54辑睦：和睦。

55说：通"悦"。

56作州兵：指改革兵制，扩充军备。

57《归妹》：六十四卦之一，卦象为兑下震上。《睽》：六十四卦之一，卦象为兑下离上。

58繇：卦辞。

59刲（kuī）：割。

60盂（huāng）：血。

61贶（kuàng）：赐。无贶，即无实。

62西邻责言：西邻，指秦国，秦在晋西。责言，责备的言辞。

63无相：无助。

64为雷为火：指震为雷，离为火。

65车说其輹（fù）：车子脱落伏兔。说，脱。輹，固定车轴的东西，又名伏兔。

66《归妹》《睽》孤：归妹即嫁女；睽，指睽违，睽离，故单孤。

67弧：木弓。

68遁：逃亡。

69象：形象，象征。占卜用龟甲，烧灼后根据裂纹（兆象）而测吉凶。

⑦数：数字。占筮用蓍草，通过揲蓍，根据束数推演成卦而占祸福。

⑦勿从：非否定句。勿，语首助词，无义。

⑦《诗》曰：以下四句出自《诗经·小雅·十月之交》。傅沓：语声杂沓。傅（zūn）同"噂"。意为当面奉承附和。背憎：背后怨恨。

⑦隐慝：人所不知的罪恶，或不可告人的罪恶。

⑦不其然：不会这样。

⑦馆：客馆，用作动词。

⑦七牢：诸侯之礼，牛一、羊一、豕一为一牢。

⑦不臣：不合于臣道。

⑦征：征赋税。

## 【译文】

十五年春季，楚国人攻打徐国。因为徐国亲近了中原诸国。三月，僖公和齐桓公、宋襄公、陈穆公、卫文公、郑文公、许僖公、曹共公在牡丘结盟，重申葵丘盟约，同时也是为了救援徐国。孟穆伯率军和诸侯军队救援徐国，诸侯则住在匡地等候。

夏季五月，鲁国发生了日食。《春秋》没有记载朔日和日期，是史官的遗漏。

秋季，联军攻打厉国，以救援徐国。

晋惠公回国即位时，秦穆姬曾把贾君托付给他照顾，并说："你要把众公子全都接纳回国。"惠公和贾君通奸，又不接纳公子们，穆姬因此而怨恨他。惠公许诺给中大夫财礼，不久就违背了诺言。答应送给秦穆公黄河以西和以南五座城：东到虢略镇，南至华山，还有黄河以里的解梁城，后来也不给了。晋国灾年歉收，秦国送给粮食，秦国遇到灾年，晋国却拒绝卖给它粮食，所以秦穆公决定攻打晋国。

卜徒父为此占筮，结果是吉利。卦象显示秦军渡过黄河，晋侯的车子毁坏。穆公问为什么。卜徒父回答说："这是大吉大利，三次打败晋军，必然抓获晋侯。此卦得到蛊，繇辞说：'进攻三次，三次进军之后，就能俘获那条雄狐。'雄狐一定是其国君。蛊的内卦是风，代表秦国。外卦是山，代表晋国。时令已到秋天，我们的风从他们山上吹过，吹落了树上的果实，并获取了树木，因此可以战胜。果实坠地，木材丢失，不是失败是什么？"

果然，晋国三次战败，撤退到韩地。晋惠公对庆郑说："敌人已深入我国，怎么办？"庆郑回答说："国君尽管让他们深入，能怎么样？"惠公说："放肆！"惠公占卜做车右的人，庆郑吉利，但惠公不用他。让步扬驾车，家仆徒为车右，驾车的小驷马则是郑国进献的。庆郑说："古时作战，一定要用本国出产的马驾车，因为它出生在本国的水土上，了解主人的心意，甘心受主人的调教，熟悉本国的道路，任凭怎样使用，都能称心如意。现在国君乘坐外国出产的马驾车作战，等它一害怕而失去常态，将违背人的意愿。它愤怒暴跳，呼吸急促，血管膨胀，表面很强大，内心却已虚怯无力了。到这一步，进也不能，退也不可，转身都不行，国君肯定会后悔。"惠公不听。

九月，惠公迎战秦军，派韩简侦察敌情，韩简回来说："秦国兵力比我们少，斗士却倍于我们。"惠公问："为什么？"韩简回答说："当年国君逃亡时曾依靠他们的资助，回国即位也是受益于他们的宠信，遇到灾荒又吃他们的粮食，这三次恩德我们都不曾报答，他们是为此而来的。现在我们又准备迎击他们，因此我军懈怠，秦军振奋，两军斗志相差不止一倍啊！"惠公说："是啊，一个普通的人尚且不能受人轻慢，何况是一个国家呢？"派韩简前去约战，说："我没有能力，既然已经把军队集合起来了，就无法解散他们，国君如果不退兵，我们无法逃避您进军的命令。"穆公派公孙枝回答说："国君没有回国时，我替您担心，您回国后没有定居于君位时，我还为您忧虑。现在既然您已定居于君位，我怎敢不接受您的命令呢？"韩简退下去说："这次战斗，我如果能被生擒就是很幸运的了。"

十四日，两军在韩原交战，晋惠公的小驷马陷在泥泞之中，左右盘旋都出不来。惠公向庆郑呼救，庆郑说："您刚愎自用，不纳谏言，又违背占卜结果，本来就是自找失败，又为什么要逃走呢？"说完就走开了。梁由靡驾驭韩简的战车，以虢射为车右，迎面遇到秦穆公的战车，准备俘获他。恰在这时，庆郑因为去救惠公，失去了机会，使秦穆公得以逃走。惠公却被秦军俘获带回。晋国的大夫们披头散发，携带帐篷，一直跟着惠公走。穆公派人安慰他们说："你们几位为何如此忧伤？我所以随贵君西行，只不过是应验了当年晋大夫狐突遇申生鬼魂的妖梦罢了，难道还敢做得太过分吗？"晋国的大夫们便三拜叩首说："上有苍天，下有大地，天地都听到了国君的话，我们也听到了，望国君言而有信。"

　　秦穆姬听说晋惠公被带回秦国，便领着太子䓨、弘和女儿简、璧，登上高台，站在柴草之上，准备自焚而亡，她让人身着丧服去迎接穆公，并说："上天降下灾祸，致使两国不是以赠送玉帛这种正常的礼节相见，而是以兵戎相见。如果您让晋君早上进入国都，我晚上就自焚；晚上进入，我早上自焚。请国君考虑。"穆公只好安排惠公住在灵台。

　　秦大夫请求把惠公带回国都。穆公说："俘获晋君而归，本是一大收获。如果因此而造成夫人自杀，那还有什么用呢？对大夫们又有什么益处呢？况且晋国人以忧伤来感动我，指着天地和我相约。不考虑他们的忧伤，就会增加他们对我的怨恨；我不履行自己的诺言，就是背叛了天地。增加怨恨会使我难以承受，背叛天地则不吉祥，一定要放晋君回国。"公子縶说："我看不如杀了他，以免使他继续作恶。"子桑说："让他回国，把他的太子作为人质，一定对我们大大有利。现在还不能将晋国灭亡，如果杀掉了它的国君，只能导致更坏的恶果。并且史佚曾说过：'不要首先发动祸难，不要依靠动乱获利，不要增加相互间的怨怒。'增加怨怒使人承受不了，欺侮别人则不吉祥。"便同意和晋国讲和。

　　晋惠公派郤乞回国通知吕甥，并召他前来谈判。子金教他说："你要把他们召集起来，以国君的名义赏赐他们东西，并且告诉他们：'我虽然是回来了，但已使国家蒙受了耻辱。你们占卜一下辅佐太子围即位吧。'"群臣听了郤乞的话，都感动得痛哭失声。晋国从此开始改变田制，以大量田土分赏群臣。吕甥说："国君不为自己出亡在外而忧虑，反而替我们群臣担忧，真是莫大的恩惠，应该怎样报答国君呢？"大家问："你说怎么办呢？"吕甥回答说："征收赋税，修整军备，以辅佐太子。诸侯听到我们虽然失去了国君，又立了新君，并且群臣和睦团结，武器装备比以前更强，友好国家会勉励我们，而敌国就会害怕我们，这样可能会有好处吧！"大家都很高兴。从此晋国开始改革兵制，扩充军备。

当初，晋献公要把伯姬嫁给秦国，为此占筮，得到归妹卦变成睽卦。史苏预测说："不吉利。卦辞说：'男子杀羊不见血，女子以筐承接无所得，西边邻国责备理亏无话说，女子出嫁而有乖离之兆，必然对娘家无所帮助。'震卦变成了离卦，等于离卦变成了震卦。'雷电生，火燃起，胜者姓嬴败者姬。战车脱了轴，大火烧军旗。出兵很不利，宗丘之地必败绩。出嫁的少女极乖离，敌人张弓要袭击。侄子随姑为人质，六年之后又逃离。逃回本国去，却又舍其妻。到了第二年，死在高粱'。"等惠公被抓回秦国，他说："如果先君听从了史苏的占卜，我也不会落到如此地步！"韩简在身边服侍，他说："龟甲，用以显现裂纹形象以占吉凶，筮草，是用数字来预测吉凶的。必须先有事物，才有表示事物的形象，有了形象以后事物才能逐渐增长，增长多了自然会产生一定的数字。先君做的坏事太多了，哪里是数字能反映出来的呢？即使听从了史苏的占卜，又能有什么用呢？《诗经》说：'百姓的灾祸，并不是上天降下来的，而是由那些相聚就彼此奉承、背后则互相攻击的小人造成的'。"

雷电击毁了夷伯的庙宇，这是上天怪罪他，由此看出展氏有不可告人的罪恶。

冬季，宋国人进攻曹国，讨伐两国结下的怨恨。

　　楚国在娄林打败了徐国，徐国自恃有别国救援，所以被打败。

　　十月，晋国的吕甥会见秦穆公，在王城结盟约。

　　秦穆公问吕甥："晋国内部意见一致吗？"吕甥回答说："不一致。那些小人对失去了国君感到羞耻，对丧失了亲人感到悲伤。他们不怕多征税赋，修整甲兵主张立太子圉为君，发誓说：'一定要报仇。宁可向戎狄低头也要报仇。'那些君子爱戴国君，也知道自己的罪过，他们也不惜多征税赋和整修甲兵，为的是等待秦国的命令。他们说：'一定要报答秦国的恩德，即使死了也决无二心。'因此意见不一致。"

　　穆公又说："晋国对国君的命运有什么看法？"吕甥回答说："小人感到忧虑，认为他不会被赦免。君子则感到宽慰，认为他一定能回来。小人说：'我们对秦国太残酷无情了，秦国岂能让国君回来？'君子则说：'我们已经知罪了，秦国一定能让国君回来。当初国君对秦有二心，秦国把他擒住，如今已认错服罪，就会释放他，没有比这更宽厚的德行，没有比这更威严的刑罚了。认错服罪者念其德行，存有二心者怕其刑罚！仅靠这一战役，秦国就可以成为霸主！如果帮助人家回国即位，又不能使他安于君位；废除了他，又不尽快使他复位，就会把恩德变为怨恨，秦国不会这么做吧'。"

　　穆公说："这也正是我的想法。"就给惠公换了住处，迁入接待外宾的馆舍，以诸侯之礼相待，赠送他牛、羊、猪各七头。

　　蛾析对庆郑说："你还不逃走吗？"庆郑回答说："是我使国君陷于失败。国君失败了我不以身殉国，却要逃亡，让国君失去用刑的威严，这不是人臣应该做的。为臣不行臣子之道，即使逃走，我又能到哪里去呢？"十一月，惠公回国。二十九日，杀了庆郑后进入国都。

这一年，晋国又发生了饥荒，秦穆公又送给他们粮食，并说："我虽然怨恨晋君，却怜悯晋国的百姓。而且我听说当初晋国祖先唐叔受封的时候，箕子曾说：'晋国的后代必然强大起来'。晋国将来还是很有希望的吧！姑且对晋国树立一些恩德，以等待将来有能力的人出现。"

这个时候，秦国开始在晋国的黄河东部征收赋税，并设置了官吏负责管理。

# 僖公十六年

**【原文】**

（经）十有六年春①，王正月戊申朔，陨石于宋五。是月，六鹢退飞过宋都②。三月壬申，公子季友卒。夏四月丙申，鄫季姬卒。秋七月甲子，公孙兹卒。冬十有二月，公会齐侯、宋公、陈侯、卫侯、郑伯、许男、邢侯、曹伯于淮③。

**【注释】**

①十有六年：公元前 644 年。

②鹢：水鸟。退飞：高飞遇风而退。宋人以为灾异。

③齐侯：齐桓公。宋公：宋襄公。陈侯：陈穆公。卫侯：卫文公。郑伯：郑文公。许男：许僖公。曹伯：曹共公。淮：

今江苏盱眙县。

## 【译文】

十六年春，王正月戊申朔，从天上掉下五块石头落在宋国。这一月，六只鹢鸟倒退着飞过宋国都。三月壬申，公子季友去世。夏四月丙申，鄫季姬去世。秋七月甲子，公孙兹去世。冬十二月，僖公与齐桓公、宋襄公、陈穆公、卫文公、郑文公、许僖公、邢侯、曹共公在淮地相会。

## 【原文】

（传）　十六年春，陨石于宋五，陨星也。六鹢退飞，过宋都，风也。周内史叔兴聘于宋，宋襄公问焉，曰："是何祥也[1]？吉凶焉在？"对曰："今兹鲁多大丧[2]，明年齐有乱，君将得诸侯而不终。"退而告人曰："君失问。是阴阳之事，非吉凶所生也。吉凶由人，吾不敢逆君故也。"

夏，齐伐厉，不克，救徐而还。

秋，狄侵晋，取狐、厨、受铎[3]，涉汾[4]，及昆都[5]，因晋败也。

王以戎难告于齐。齐徵诸侯而戍周[6]。

冬，十一月乙卯，郑杀子华。

十二月，会于淮，谋鄫，且东略也[7]。城鄫，役人病。有夜登丘而呼曰："齐有乱！"不果城而还[8]。

## 【注释】

①祥：吉凶之先兆。

②今兹：今年。

③狐、厨、受铎：皆地名。

④汾：汾河。

⑤昆都：晋邑。

⑥徵：同征。征发。

⑦东略：向东面征讨。

⑧不果城：未把城墙筑好。

## 【译文】

十六年春季，在宋国上空落下五块石头，这是坠落的流星。六只鹢鸟向后倒着飞，经过宋国国都，这是由于风太大的缘故。周内史叔兴到宋国访问时，宋襄公询问这两件事，说："这是什么预兆？是主吉还是主凶呢？"叔兴回答说："今年鲁国大概有大的丧事，明年齐国有动乱，君王将得到诸侯的拥护，却不会保持到最后。"他退下来告诉别人说："宋君问事不恰当，这是属于阴阳方面的事情，人事吉凶与此没有关系。吉凶由人的行为决定。我这样回答，是由于不敢违抗国君的缘故。"

夏天，齐国出兵攻打厉国，没有取胜，救援了徐国后回国。

秋天，狄人侵犯晋国，攻战了狐、厨、受铎，渡过汾水，到了昆都，这是因为晋国战败的缘故。

周天子把戎人造成的祸难通知齐国，齐国召集诸侯的军队到成周守卫。

冬天，十一月乙卯日，郑国杀了子华。

十二月，僖公和齐侯、宋公、陈侯、卫侯、郑伯、许男、邢侯、曹伯在淮地会见，这是为了商讨援救鄫的事情，同时商讨向东方出兵的问题。各诸侯军给鄫国修筑城墙，服劳役的人生了病。有人夜里登上小山头大声喊叫说："齐国发生动乱了！"诸侯军不等筑完城就各自回去了。

# 僖公十七年

## 【原文】

（经）　十有七年春，齐人、徐人伐英氏。

夏，灭项[①]。

秋，夫人姜氏会齐侯于卞[②]。九月，公至自会。

冬十有二月乙亥，齐侯小白卒。

## 【注释】

①项：国名。

②卞：鲁邑。

## 【译文】

十七年春，齐、徐二国联合攻伐英氏。

夏，鲁国灭掉项国。

秋，夫人姜氏在卞地与齐侯相会。九月，鲁公从盟会回国。

冬十二月乙亥日，齐侯小白卒。

**【原文】**

（传）　十有七年春，齐人为徐伐英氏，以报娄林之役也①。

夏，晋太子圉为质于秦，秦归河东而妻之。

惠公之在梁也，梁伯妻之。梁嬴孕，过期②。卜招父与其子卜之。其子曰："将生一男一女。"招曰："然。男为人臣，女为人妾。"故名男曰圉，女曰妾。及子圉西质，妾为宦女焉③。

师灭项④。淮之会，公有诸侯之事，未归，而取项。齐人以为讨，而止公⑤。

秋，声姜以公故⑥，会齐侯于卞。九月，公至。书曰"至自会"，犹有诸侯之事焉，且讳之也。

齐侯之夫人三：王姬，徐嬴，蔡姬，皆无子。齐侯好内⑦，多内宠⑧。内嬖如夫人者六人⑨：长卫姬，生武孟；少卫姬，生惠公；郑姬，生孝公；葛嬴，生昭公；密姬，生懿公；宋华子，生公子雍。公与管仲属孝公于宋襄公，以为大子。雍巫有宠于卫共姬⑩，因寺人貂以荐羞于公⑪，亦有宠。公许公之立武孟。

管仲卒，五公子皆求立。冬十月乙亥，齐桓公卒。易牙入，与寺人貂因内宠以杀群吏，而立公子无亏。孝公奔宋。十二月乙亥，赴。辛巳。夜殡⑫。

**【注释】**

①娄林之役：指十五年楚国在娄林打败徐国。

②过期：指怀孕十月而未生。

③宦女：官婢。

④师：指鲁国军队。

⑤止：留住。

⑥声姜：齐女，僖公夫人。

⑦内：女色。

⑧内宠：受宠爱的女人。

⑨内嬖：同内宠。

⑩雍：同饔，周宫中掌管烹调之官。

⑪羞荐：有食品之义，亦有进献之义。

⑫殡：大殓入棺。

## 【译文】

十七年春季，齐国为徐国出兵攻打英氏，以报娄林那次战役的失败之仇。

夏天，晋国的太子圉在秦国当人质，秦国把河东土地归还晋国并将女儿嫁给他。

晋惠公在梁国的时候，梁伯把女儿嫁给他。梁嬴怀孕，过了预产期尚未生产。梁国的卜招父和他的儿子占卜，他的儿子说："将要生一男一女。"招父说："对。男的做别人的奴仆，女的做别人的奴婢。"所以孩子出生后，男孩取名为"圉"，女孩取名为"妾"。等到后来子圉在西方（秦国）做人质，妾就在秦国做了侍女。

鲁国军队灭亡项国。各国诸侯在淮地会见后，僖公因有与诸侯相会的大事，没有回国，鲁军就攻占了项国。齐国人

公子鲍厚施买国

认为这是僖公下令进攻的，因此就把僖公扣留了起来。

秋天，僖公夫人声姜由于僖公的缘故，在鲁邑卞地会见齐桓公。九月，僖公回国。《春秋》记载说："至自会"，是表示还有国家大事没有处理完毕，而且讳言"被扣留"这件事。

齐桓公的三位夫人：王姬、徐嬴、蔡姬，都没有儿子。齐桓公爱好女色，爱妃很多。宫中受宠的女人中待遇如同夫人的有六人：大卫姬，生武孟；小卫姬，生惠公；郑姬，生孝公；葛嬴，生昭公；密姬，生懿公；宋华子，生公子雍。桓公和管仲把孝公托付给宋襄公，让他做太子。雍巫受到卫共姬的宠信，又由于寺人貂的关系有机会把美味食品进献给齐桓公，所以也受到齐桓公的宠信。齐桓公答应他们立武孟为太子。

管仲死后，孝公之外的其他五位公子都谋求要成为继承人。冬天，十月乙亥日，齐桓公卒。易牙进入宫内，跟寺人貂一道依靠那些桓公宠幸的如夫人的特殊权势，杀掉一批不同意立公子无亏为君的大夫，立公子无亏为国君。孝公逃亡到宋国。十二月乙亥日，向诸侯国发出讣告。辛巳日，晚间大殓入棺。

# 僖公十八年

【原文】

　　（经）　十有八年春，王正月，宋公、曹伯、卫人、邾人伐齐①。夏，师救齐。五月戊寅，宋师及齐师战于甗②。齐师败绩。狄救齐。秋八月丁亥，葬齐桓公。冬，邢人，狄人伐卫。

## 【注释】

①宋襄公率曹、卫之师伐齐，乃是履行桓公嘱托，以武力护送太子昭归国复位。

②甗（yǎn）：齐地，当在今山东省济南市附近。

## 【译文】

十八年春，周历正月，宋公、曹伯、卫人、邾人联合攻伐齐国。夏，鲁师援救齐国。五月十四日，宋军与齐军在甗地交战，齐军大败。狄人出兵援救齐国。秋八月，举行齐桓公葬礼。冬，邢人、狄人攻伐卫国。

## 【原文】

（传） 十八年春，宋襄公以诸侯伐齐①。三月，齐人杀无亏②。

郑伯始朝于楚，楚子赐之金③，既而悔之，与之盟曰："无以铸兵④。"故以铸三钟。齐人将立孝公，不胜，四公子之徒⑤遂与宋人战。夏五月，宋败齐师于甗⑥，立孝公而还。

秋八月，葬齐桓公。

冬，邢人、狄人伐卫，围菟圃⑦。卫侯以国让父兄子弟及朝众曰⑧："苟能治之，燬请从焉⑨。"众不可，而后师于訾娄⑩。狄师还。

梁伯益其国而不能实也，命曰新里⑪，秦取之。

## 【注释】

①十八年：鲁僖公十八年（公元前642年）。

②无亏：即无诡，做齐君三个月，被齐人所杀。

③金：古代把铜叫金。

④无以铸兵：楚国的铜制造武器锐利，故不让郑国用它铸造武器。

⑤四公子之徒：四公子的徒众。四公子，除已死的无亏和孝公外的四个公子。徒，徒众，党羽，即一伙的人。

⑥鄗（yǎn 演）：齐国地名（在今山东济南市附近）。

⑦莬（tú 徒）圃：卫国地名（在今河南长垣县）。

⑧卫侯：即卫文公，名燬，卫桓公之孙，在位二十五年。以国：国君地位。

⑨治之：治理国家。之，指国家。燬（huǐ 毁）：即卫文公。

⑩师：军队，此指卫国军队摆开阵势。訾（zī 资）娄：卫国邑名（在今河南滑县西南）。

⑪梁伯：梁国国君。益其国：多筑城邑，即好土功；一说开拓疆土。实：充实，此指迁入百姓。新里：即秦国的新城（在今陕西澄城县东北）。

## 【译文】

鲁僖公十八年春天，宋襄公率领诸侯军攻打齐国。三月，齐国人杀了无亏。

郑伯开始到楚国朝见，楚子赐给他铜，不久又后悔，和他盟誓说："不要用它制造武器。"所以郑伯用它铸造了三座大钟。

齐国人准备立孝公为国君，抵挡不住四公子一伙的反对，于是四公子一伙和宋国人作战。夏季五月，宋国在甗地打败了齐军，立了孝公为晋君然后回国。

秋天八月，安葬了齐桓公。

冬天，邢人、狄人攻打卫国，包围了菟圃。卫文公把国君的地位推让给父兄子弟和朝廷上众臣说："如果谁能治理国家，请允许我跟从他。"大家不同意，然后卫军在訾娄摆开阵势。狄军退回去了。

梁伯开拓疆土多筑城邑却不能把百姓迁进去，把那地方命名叫新里，但被秦国占领了。

# 僖公十九年

【原文】

（经）　十有九年春①，王三月，宋人执滕子婴齐。夏六月，宋公、曹人、邾人盟于曹南②。鄫子会盟于邾③。己酉，邾人执鄫子用之④。秋，宋人围曹。卫人伐邢。冬，会陈人、蔡人、楚人、郑人盟于齐。梁亡。

## 【注释】

①十有九年：公元前 641 年。

②曹南：曹国南部边境。

③鄫子到邾国会盟。

④用：用作牲畜，即作祭物。

## 【译文】

十九年春，周历三月，宋国人拘捕滕子婴齐。夏六月，宋襄公、曹国人、邾国人在曹国南部边境结盟。鄫子到邾国参加盟会。己酉，邾国人拘捕鄫子，把他作为祭物。秋，宋国人包围了曹国。卫国人攻打邢国。冬，僖公与陈国人、蔡国人、楚国人、郑国人在齐国会盟。梁国灭亡。

## 【原文】

（传） 十九年春，遂城而居之。宋人执滕宣公。

夏，宋公使邾文公用鄫子于次睢之社①，欲以属东夷②。司马子鱼曰③："古者六畜不相为用，小事不用大牲，而况敢用人乎？祭祀以为人也。民，神之主也。用人，其谁飨之？齐桓公存三亡国以属诸侯④，义士犹曰薄德。今一会而虐二国之君，又用诸淫昏之鬼⑤，将以求霸，不亦难乎？得死为幸⑥！"

秋，卫人伐邢，以报菟圃之役。于是卫大旱，卜有事于山川，不吉。宁庄子曰："昔周饥，克殷而年丰。今邢方无道，诸侯无伯，天其或者欲使卫讨邢乎？"从之，师兴而雨。宋人围曹，讨不服也。子鱼言于宋公曰："文王闻崇德乱而伐之[7]，军三旬而不降，退修教而复伐之。因垒而降[8]。《诗》曰：'刑于寡妻[9]，至于兄弟，以御于家邦。'今君德无乃犹有所阙，而以伐人，若之何？盍姑内省德乎？无阙而后动。"

陈穆公请修好于诸侯以无忘齐桓之德。冬盟于齐，修桓公之好也。

梁亡。不书其主，自取之也。初，梁伯好土功，亟城而弗处[10]，民罢而弗堪[11]，则曰："某寇将至。"乃沟公宫，曰："秦将袭我。"民惧而溃，秦遂取梁。

## 【注释】

①用鄫子：即杀死鄫子用来祭祀。次睢之社：次睢的土地神。次睢，地名，在今江苏省铜山县一带。

②属东夷：使东夷归附。

③司马子鱼：即目夷。司马，官名。后为姓氏。

④三亡国：指鲁、卫、邢三国。

⑤淫昏之鬼：指次睢之社。

⑥得死：即善终。

⑦崇：指崇侯虎。

⑧因垒：凭靠以前所筑壁垒。

⑨刑，典范。

⑩亟城：多次筑城。

⑪罢：通"疲"。弗堪：忍受不住。

**【译文】**

　　鲁僖公十九年春天，秦国人在此筑城居住。宋国人抓住了滕宣公。

　　夏天，宋公要邾文公杀鄫子祭祀次睢的土地神，想以此使东夷归附。司马子鱼说："古代的六畜不用来互相祭祀。小的祭祀不杀大牲畜，何况敢用人呢？祭祀是为了人。人是神灵的主人，杀人祭祀，哪个鬼神会享用？齐桓公曾救了三个将要灭亡的国家来使诸侯归附，仁义之士还说他缺少德行，现一次会盟就伤害了两个国家的国君，又拿他来将祭祀邪恶昏乱的鬼神，想用这种方法谋求霸业，不是太难了吗？能善终就是幸运了。"

　　秋天，卫国人攻打邢国，为的是报菟圃一战之仇。此时卫国大旱，占卜祭祀山川，不吉利。宁庄子说："过去周王室发生饥荒，打败了殷朝便获丰收。现邢国无道，没有诸侯君主，天子或者是卫国去攻打邢国吧？"听从他的话，军队刚出发就下了雨。宋国人包围曹国，以讨伐曹国的不顺服。子鱼对宋公说："过去周文王听说崇国德行昏乱便攻打他，包围了三十天还没投降，便退回而修治教化，然后又去攻打他，结果崇国人在所筑的营垒里投降。《诗经》上说：'在正妻面前做出典范，把它扩展到兄弟之间，来治理家和国。'现君主的德行大概还有不足，却去攻打别人，能把它怎么样呢？何不姑且退回而自省一下德行，在没有不足以后再去行动。"陈穆公请求诸侯重修友好关系，以表示不忘齐桓公的德行。

冬天，在齐国结盟，是为了重修齐桓公时建立的友好关系。梁国灭亡，《春秋》不记载灭亡它的人，是因为它自取灭亡的。当初，梁伯喜欢土木工程，屡次筑城却无人居住，百姓疲倦得不能忍受，扬言："某某敌人要来了。"并且在国君宫室外挖沟，说："秦国将袭击我国。"百姓害怕溃散，秦国便趁机占领了梁国。

# 僖公二十年

**【原文】**

（经）　二十年春①，新作南门②。夏，郜子来朝③。五月乙巳，西宫灾④。郑人入滑。秋，齐人、狄人盟于邢。冬，楚人伐随。

**【注释】**

①二十年：公元前 640 年。

②南门，本名稷门，僖公重建，比别门高大，改名高门。③郜子：郜为姬姓国，但据隐公十年、桓公二年经、传已亡于宋，故诸家解释不一，或谓是失地之君，或谓另是一郜。

④西宫：鲁宫名，鲁有东、西、北宫。

孙膑

孙膑像

## 【译文】

（经）　二十年春，重新建造南门。夏，郜子来我国朝见。五月乙巳，西宫发生火灾。郑国人攻入滑国。秋，齐国人、狄国人在邢国结盟。冬，楚国人攻打随国。

## 【原文】

（传）　二十年春，新作南门。书，不时也。凡启塞从时[1]。

滑人叛郑而服于卫[2]。夏，郑公子士、泄堵寇帅师入滑[3]。

秋，齐、狄盟于邢，为邢谋卫难也。于是卫方病邢。

随以汉东诸侯叛楚。冬，楚斗穀於菟帅师伐随，取成而还。

君子曰："随之见伐[4]，不量力也。量力而动，其过鲜矣。善败由己[5]，而由人乎哉？《诗》曰：'岂不夙夜，谓行多露[6]'。"

宋襄公欲合诸侯，臧文仲闻之[7]，曰："以欲从人则可[8]，以人从欲鲜济[9]。"

## 【注释】

①启塞：指修建城门。从时，随着时节，即不违农时。

②滑：国名。

③公子士：郑文公之子。泄堵寇：郑大夫。

④见伐：被伐。

⑤善败：成败。

⑥岂不夙夜二句：句出《诗经·召南·行露》。夙夜，早晚。谓，奈何。行：道路。

⑦臧文仲：鲁臣，即臧孙辰，臧孙。

⑧以欲从人：将自己的欲望服从别人。

⑨以人从欲：让别人服从自己的欲望。鲜济：很少有成功。

## 【译文】

二十年春季，鲁国新建了国都的南门。《春秋》记载此事，是因为不合时令。而修理城门，则可以随坏随修，不算违背农时。

滑国人背叛郑国而顺服了卫国。夏季，郑国的公子士、泄堵寇率军攻入滑国。

秋季，齐国人和狄人在邢国会盟，为的是帮助邢国设法对付卫国的入侵。这时，卫国才对邢国感到担心。

随国率领汉水以东的诸侯背叛了楚国。冬季，楚国的斗穀於菟率军攻打随国，两国讲和后，楚军回国。

君子对此评论说："随国所以受到攻打，是因为不自量力。量力而行，过失就少了。成败完全在于自己，难道是由于别人吗？正如《诗经》所说：'难道不想早晚行走，怎奈路上露水太多'。"

宋襄公想会合诸侯，臧文仲听到后，说："使自己的愿望服从别人是可以的，但要使别人服从自己的愿望则很少能成功。"

# 僖公二十一年

**【原文】**

（经） 二十有一年春，狄侵卫。宋人、齐人、楚人盟于鹿上①。夏，大旱。

秋，宋公、楚子、陈侯、蔡侯、郑伯、许男、曹伯会于盂②。执宋公以伐宋。

冬，公伐邾。楚人使宜申来献捷③。十有二月癸丑，公会诸侯盟于薄④，释宋公。

**【注释】**

①鹿上：宋地，在今山东曹县东北。

②盂：宋地。

③献捷：楚捉到宋襄公，使人来鲁报捷。

④薄：即亳，宋地。

**【译文】**

二十一年春季，狄人入侵卫国。宋人、齐人、楚人结盟于鹿上。夏季，发生大旱灾。

秋季，宋公、楚子、陈侯、蔡侯、郑伯、许男、曹伯在盂地相见。楚国捉住宋襄公并进攻宋国。

冬季，鲁公攻伐邾国。楚国派宜申前来报告捉住宋公的消息。十二月癸丑日，鲁公在亳地与诸侯相见，楚国释放了宋襄公。

**【原文】**

（传）　二十一年春，宋人为鹿上之盟以求诸侯于楚，楚人许之。公子目夷曰："小国争盟，祸也。宋其亡乎？幸而后败。"

夏，大旱。公欲焚巫尪[1]，臧文仲曰："非旱备也！修城郭[2]，贬食省用[3]，务穑劝分[4]，此其务也。巫尪何为？天欲杀之，则如勿生[5]。若能为旱，焚之滋甚！"公从之。是岁也，饥而不害。[6]。

秋，诸侯会宋公于盂。子鱼曰："祸其在此乎！君欲已甚，其何以堪之？"于是楚执宋公以伐宋。冬，会于薄以释之。子鱼曰："祸犹未也，未足以惩君。"

任、宿、须句、颛臾，风姓也，实司大皞与有济之祀[7]，以服事诸夏[8]。邾人灭须句，须句子来奔，因成风也。成风为之言于公曰："崇明祀[9]，保小寡，周礼也。蛮夷猾夏[10]，周祸也。若封须句，是崇皞、济而修祀纾祸也[11]。"

**【注释】**

①尪：仰面朝天的畸形人。

②郭：城外围加筑的一道墙。

③贬：减省。

④劝分：劝勉富民以其储积济贫救荒。

⑤如：应当。

⑥饥：饥荒。

⑦司：主管。大皞，音 tài hào，即伏羲。

⑧诸夏：指周代分封的诸侯国。

⑨明祀：大皞与济水的祭祀。

⑩猾：扰乱。

⑪纾：解除。

## 【译文】

二十一年春季，宋人和齐人、楚人在宋地鹿上举行会盟，并向楚国要求让当时已归附楚国的中原诸侯推自己为盟主，楚人答应了。公子目夷说："小国争当盟主，这是灾祸。宋国也许要灭亡了吧！如果失败得晚一点就算是幸运的了。"

夏天，鲁国发生大旱。僖公准备烧死巫人和仰面朝天的畸形人。臧文仲说："这不是解决旱灾的办法。修理城墙，节省粮食，减损开支，致力农耕，劝导施舍，这才是必须做的。至于巫人和面孔朝天的畸形人能做些什么呢？上天想杀他们，就应当不生他们。假如他们能够造成旱灾，烧死了他们，旱情将会更加严重。"僖公听从了。这一年，虽然出现饥荒，但没有伤害百姓。

秋天，宋公和楚子、陈侯、蔡侯、郑伯、许男、曹伯在宋国的盂地相见。子鱼说："灾祸可能就要在这里发生吧！国君的欲望太过分，各诸侯怎么受得了？"在会上楚国捉拿了宋襄公并攻打宋国。冬天，在亳地会盟，放回了宋襄公。

子鱼说："灾祸还没有完，这一次还不足以惩罚国君。"

任、宿、须句、颛臾等国，都姓风，负责掌管太皞和济水神的祭祀，而事奉中原各国。邾人灭亡了须句国，国君须句子逃亡来鲁国，这是由于须句是成风的娘家。成风对僖公说："尊崇神明之祀，保护弱小国家，这是周的礼仪；蛮夷扰乱中原各国，这是周的灾祸。如果封了须句国的爵位，这是尊崇太皞、济水神而遵循周礼、缓和祸患啊。"

# 僖公二十二年

## 【原文】

（经）　二十有二年春，公伐邾，取须句。夏，宋公、卫侯、许男、滕子伐郑。秋八月丁未，及邾人战于升陉[1]。冬十有一月己巳朔，宋公及楚人战于泓，宋师败绩[2]。

## 【注释】

[1]升陉：鲁地。

[2]泓：水名，当在今河南省柘城县北三十里。

## 【译文】

二十二年春，鲁公伐邾，夺回须句。夏，宋公、卫侯、许男、滕子联合征伐郑国。秋八月八日，鲁军与邾军在升陉交战。冬十一月一日，宋军与楚军在泓水一带交战，宋军大溃败。


## 【原文】

（传）　二十二年春，伐邾，取须句，反其君焉，礼也。三月，郑伯如楚。

夏，宋公伐郑。子鱼曰："所谓祸在此矣。"初，平王之东迁也，辛有适伊川[1]，见被发而祭于野者，曰："不及百年，此其戎乎！其礼先亡矣。"

秋，秦、晋迁陆浑之戎于伊川[2]。晋大子圉为质于秦，将逃归，谓嬴氏曰[3]："与子归乎？"对曰："子，晋大子，而辱于秦。子之欲归，不亦宜乎？寡君之使婢子侍执巾栉[4]，以固子也[5]。从子而归，弃君命也。不敢从，亦不敢言。"遂逃归。富辰言于王曰[6]："请召大叔[7]。《诗》曰：'协比其邻，昏姻孔云[8]。'吾兄弟之不协，焉能怨诸侯之不睦[9]？"王说。王子带自齐复归于京师，王召之也。邾人以须句故出师。公卑邾[10]，不设备而御之。臧文仲曰："国无小，不可易也。无备，虽众不可恃也。《诗》曰："战战兢兢，如临深渊，如履薄冰[11]。'又曰：'敬之，敬之[12]，天惟显思，命不易哉！'先王之明德，犹无不难也，无不惧也，况我小国乎？君其无谓邾小，蜂虿有毒[13]，而况国乎？"弗听。八月丁未[14]，公及邾师战于升陉[15]，我师败绩。邾人获公胄[16]，县诸鱼门[17]。楚人伐宋以救郑。宋公将战，大司马固谏曰[18]："天子弃商久矣，君将兴之，弗可赦也已。"弗听。

冬十一月己巳朔，宋公及楚人战于泓。宋人既成列。楚人未既济。司马曰："彼众我寡，及其未既济也请击之[19]。"公曰："不可。"既既而未成列[20]，又以告。公曰："未可。"既陈而后击之，宋师败绩。公伤股，门官歼焉。国人皆咎公[21]。公曰："君子不重伤，不禽二毛[22]。古之为军也，不以阻隘也[23]。寡人虽亡国之余[24]，不鼓不成列[25]。"子鱼曰："君未知战，勍敌之人[26]隘而不列，天赞我也。阻而鼓之，不亦可乎？犹有惧焉。且今之勍者，皆吾敌也。虽及胡耇[27]，获则取之，何有于二毛？明耻教战[28]，求杀敌也，伤未及死，如何勿重？若爱重伤，则如勿伤；爱其二毛，则如服焉。三军以利用也，金鼓以声气也[29]，利而用之，阻隘可也，声盛致志[30]。鼓儳可也[31]。"丙子晨[32]，郑文夫人，芈氏、姜氏劳楚子于柯泽[33]。楚子使师缙示之俘馘[34]。君子曰："非礼也。妇人送迎不出门，见兄弟不逾阈[35]，戎事不迩女器[36]。"丁丑，楚子入飨于郑，九献[37]，庭实旅百，加笾豆六品[38]。飨毕，夜出，文芈送于军[39]，取郑二姬以归[40]。叔詹曰[41]："楚王其不没乎[42]！为礼卒于无别，无别不可谓礼，将何以没？"诸侯是以知其不遂霸也[43]。

## 【注释】

①辛有：周大夫。伊川：伊河流经的地方，即今河南省嵩县及伊川县境。

②陆浑之戎：原少数民族部落名，后迁至河南少伊、洛一带。

③嬴氏：即怀嬴。

④执巾栉：拿着手巾、梳子。

⑤固子：使你安心。

⑥富辰：周大夫。

⑦大叔：即王子带，于僖公二十年奔齐。

⑧协比：协和亲附。昏姻孔云：婚姻亲戚更加友好。

⑨不睦：不顺从。

⑩卑：轻视。

⑪战战兢兢：小心翼翼的样子。战战兢兢，恐惧谨慎的样子。

⑫敬之，谨慎。显思，显明。不易，不容易。

⑬蜂虿（chài）：黄蜂、蝎子一类的毒虫。

⑭丁未：初八日。

⑮升陉：鲁地名。

⑯胄：头盔。

⑰县：县通"悬"。鱼门：邾国的城门名。

⑱固：人名，即公孙固。

⑲未既济：尚未完全渡过河。既，尽。

⑳未成列：未摆成阵势。

㉑咎公：归罪于宋襄公。

㉒不禽二毛：禽同"擒"。二毛：头发花白的人。

㉓不以阻隘：不扼敌于险隘之地。

㉔亡国之余：宋国为商亡朝的后裔。

㉕不鼓：不攻击。古时作战，击鼓为进军之号令。

㉖勍（qíng）敌：强敌。

㉗胡耇（gǒu）；老年人。

㉘明耻教战：明白什么是耻辱，教之以战术。

㉙金鼓以声气：金鼓，乐器，古代作战为行军进退的号令。以声气，以声音激励士气。

㉚声盛致志：鼓气大作致使士气高昂。

㉛鼓儳（chán）：攻击的阵列不整之貌。儳，攻击陈列不整之貌。

㉜丙子：十一月八日。

㉝芈（mǐ）氏：楚女。姜氏：齐女。劳：慰劳。柯泽：郑国地名。

㉞师缙：楚国乐师。馘（guó）：古代战争中对所杀之敌割取左耳叫馘。

㉟逾阈（yú）：越过门槛。

㊱不迩女器：不接近女人的用具。

㊲九献：九次敬酒。

㊳笾豆：古代祭祀时盛食品的器具。笾：竹制器具；豆，木制器皿。六品：六件。

㊴文芈：即郑国国君的夫人芈：即郑文公夫人芈氏。

㊵二姬：姬姓二女。

㊶叔詹：郑臣。

㊷不没：不得寿终。

㊸不遂霸：不能完成霸业。

【译文】

鲁僖公二十二年春天，攻打邾国，占取须句，让他的国君回去，这是合于礼的。三月，郑伯到楚国去。

夏天，宋公攻打郑国。子鱼说："所说祸就在这里。当

齐懿公竹池遇变

初，周平王东迁洛邑时，辛有到伊川去，看见披头散发在野外祭祀人，说：'不到百年，这里就变成戎人居住的地方了！周的礼仪先消灭了。'"

秋天，秦国和晋国把陆浑之戎迁到伊川。晋国太子围在秦国作为人质，准备逃回去，对嬴氏说："我跟你一起回去吧？"回答说："您是晋国的太子，却被秦国侮辱。您想回去是应该的吗？我们君主让我为您拿手巾、梳子而侍候您。是为了让您安心，跟您回去，这是丢弃了国君的命令。我不敢跟从，但也不敢泄漏。"于是太子围逃回宋国去。富辰对周天子说："请您召回太叔。《诗》说：'同邻居的关系团结融洽，姻亲之间定能和顺有加'。我们兄弟都不融洽，怎能埋怨诸侯不和睦呢？"天子听了很高兴。王子带从齐国回到京师，是天子召他回来的。邾国因鲁国帮助须句而出兵攻打鲁国。僖公轻视邾国，不设防备就去抵御它。臧文仲说："国家无所谓大小，都不能轻视。如没有防备，即是人多，也不足依靠。《诗经》里说：'战战兢兢，如同面临深渊，如同踩踏薄冰。'又说：'小心呀，小心，上天虽然光明磊落，却不容易得到天命！'以先王的美德，尚且还有困难惧怕，更何况是我们的小国呢？您不要认为邾国弱小，黄蜂、蝎子都有毒，何况一个国家呢？"僖公不听。八月八日，僖公同邾国军队在升陉作战，鲁军大败。邾国人获得僖公的头盔，把它挂在城门上。楚国攻打宋国以救援郑国。宋国准备迎战，大司马固劝阻说："上天抛弃我们商朝已经很久了。您想复兴它，这是违背天意，罪不可赦啊。"宋公不听。

冬十一月一日，宋公同楚国人在泓水旁作战。宋军已摆好阵势，楚国人还没全部渡过河时。司马说："对方人多，我们人少，趁他们还没全部渡过时，请下令攻击他们。"宋公说："不行。"楚军全部渡过了河尚未摆成阵，司马又请求下令进攻，宋公说："还不行。"等楚军已摆好阵势，宋军才发动攻击，宋军大败。宋公伤了大腿，守门的官员被歼灭。国人都责备宋公。宋公说："君子不伤害已经受伤的人，不擒捉头发花白的人。古代作战，不凭借险要的地势。我们虽然是商亡朝的后裔，却也不能进攻没摆开阵势的敌人。"子鱼说："您不懂得作战，强大的敌人，由于地形险要而不能摆成队列，这是上天在帮助我们。拦截他们，然后进攻他们，不也是可以的吗？即使这样还担心不能取胜吗？况且现在那些强大的国家都是我们的敌人。虽遇到的是老兵，能俘获的也要把他们抓回来，还管什么头发白不白。使将士知道什么是耻辱，教给他们怎样打仗，目的是要多杀敌人。对那些受伤未死的敌人，为什么不再伤害他们？如果不忍心伤害敌人的伤员，就应当一开始就不伤害他；怜悯头发花白的人，就应当顺服他们。军队在有利的时候才使用。鸣金击鼓是为了鼓舞士气。抓住有利时机，乘敌人处于险阻狭隘处使用军队，鼓声大作，士气昂扬，乘敌人混乱状态而击鼓攻击是完全可以的。"十一月八日早晨，郑文公的夫人芈氏、姜氏在柯泽慰劳楚子。楚子派师缙把俘虏和割下来的敌人的左耳给他们看。君子说："这是不合礼仪的。妇女送迎不出房门，和兄弟相见不逾越门槛，战争中不接近女人的用具。更何况如今竟让女人来到军营中呢？"九日，楚子进入郑国接受款待，主宾酬酢九次，院子里摆着礼品上万件，外加笾豆食品六种。宴请完毕已是夜间，文芈把楚子送到军营里，楚子带了郑国两个女子回去。叔詹说："楚王恐怕难以善终！执行礼节而最终弄到男女无别的地步。男女无别就不能认为合于礼法！他将靠什么得以善终呢？"诸侯凭这件事知道楚子完不成霸业了。

# 僖公二十三年

## 【原文】

（经）　二十有三年春①，齐侯伐宋②，围缗③。

夏五月庚寅，宋公兹父卒。

秋，楚人伐陈。

冬十有一月，杞子卒④。

## 【注释】

①二十有三年：公元前 637 年。

②齐侯：齐孝公。

③缗：在今山东省金乡县东北。

④杞子：杞成公。

## 【译文】

二十三年春，齐孝公攻打宋国，包围缗地。

夏五月庚寅，宋襄公兹父去世。

秋，楚国人攻打陈国。

冬十一月，杞子去世。


## 【原文】

（传）　二十三年春，齐侯伐宋，围缗①，以讨其不与盟于齐也。

夏五月，宋襄公卒，伤于泓故也。

秋，楚成得臣帅师伐陈②，讨其贰于宋也。遂取焦、夷③，城顿而还④。子文以为之功，使为令尹⑤。叔伯曰⑥："子若国何？"对曰："吾以靖国也。夫有大功而无贵仕⑦，其人能靖者与有几？"

九月，晋惠公卒。怀公命无从亡人⑧。期⑨，期而不至，无赦。狐突之子毛及偃从重耳在秦，弗召。冬，怀公执狐突曰："子来则免⑩。"对曰："子之能仕，父教之忠，古之制也。策名委质⑪，贰乃辟也⑫。今臣之子，名在重耳，有年数矣。若又召之，教之贰也。父教子贰，何以事君？刑之不滥，君之明也，臣之愿也。淫刑以逞⑬，谁则无罪？臣闻命矣。"乃杀之。

卜偃称疾不出，曰："《周书》有之：'乃大明服⑭。'己则不明而杀人以逞，不亦难乎？民不见德而唯戮是闻，其何后之有？"

十一月，杞成公卒。书曰："子。"杞，夷也。不书名，未同盟也。凡诸侯同盟，死则赴以名，礼也。赴以名，则亦书之，不然则否，辟不敏也⑮。

　　晋公子重耳之及于难也，晋人伐诸蒲城。蒲城人欲战，重耳不可，曰："保君父之命而享其生禄[16]，于是乎得人。有人而校[17]，罪莫大焉。吾其奔也。"遂奔狄。从者狐偃、赵衰、颠颉、魏武子、司空季子[18]。狄人伐廧咎如[19]，获其二女：叔隗、季隗，纳诸公子。公子取季隗，生伯鯈、叔刘；以叔隗妻赵衰，生盾。将适齐，谓季隗曰："待我二十五年，不来而后嫁。"对曰："我二十五年矣，又如是而嫁，则就木焉[20]。请待子。"处狄十二年而行。

　　过卫，卫文公不礼焉[21]。出于五鹿[22]，乞食于野人[23]，野人与之块[24]，公子怒，欲鞭之。子犯曰[25]："天赐也。"稽首，受而载之。

　　及齐，齐桓公妻之。有马二十乘[26]，公子安之。从者以为不可，将行，谋于桑下[27]。蚕妾在其上[28]，以告姜氏[29]。姜氏杀之，而谓公子曰："子有四方之志，其闻之者吾杀之矣。"公子曰："无之。"姜曰："行也，怀与安[30]。实败名。"公子不可，姜与子犯谋，醉而遣之。醒，以戈逐子犯。

　　及曹，曹共公闻其骈胁[31]，欲观其裸。浴，薄而观之[32]。僖负羁之妻曰[33]："吾观晋公子之从者，皆足以相国[34]。若以相，夫子必反其国。反其国，必得志于诸侯。得志于诸侯而诛无礼，曹其首也。子盍蚤自贰焉[35]。"乃馈盘飧[36]，置璧焉[37]。公子受飧反璧[38]。

　　及宋，宋襄公赠之以马二十乘。

　　及郑，郑文公亦不礼焉。叔詹谏曰："臣闻天之所启[39]，人弗及也。晋公子有三焉，天其或者将建诸[41]！君其礼焉。男女同姓，其生不蕃[41]。晋公子，姬出也，而至于今，一也。

离外之患[42]，而天不靖晋国，殆将启之[43]，二也。有三士足以上人而从之[44]，三也。晋、郑同侪[45]，其过子弟[46]，固将礼焉，况天之所启乎？"弗听。

及楚，楚子飨之，曰："公子若反晋国，则何以报不穀[47]？"对曰："子女玉帛则君有之[48]。羽毛齿革则君地生焉[49]。其波及晋国者，君之余也[50]，其何以报君？"曰："虽然，何以报我？"对曰："若以君之灵[51]，得反晋国，晋、楚治兵，遇于中原，其辟君三舍[52]。若不获命[53]，其左执鞭弭[54]，右属橐鞬[55]，以与君同旋。"子玉请杀之。楚子曰："晋公子广而俭[56]，文而有礼[57]。其从者肃而宽[58]，忠而能力[59]。晋侯无亲[60]，外内恶之。吾闻姬姓，唐叔之后[61]，其后衰者也[62]，其将由晋公子乎。天将兴之，谁能废之。违天必有大咎。"乃送诸秦。

秦伯纳女五人，怀嬴与焉[63]。奉匜沃盥[64]，既而挥之[65]。怒曰："秦、晋匹也，何以卑我[66]！"公子惧，降服而囚[67]。

他日，公享之[68]，子犯曰："吾不如衰之文也[69]。请使衰从。"公子赋《河水》[70]，公赋《六月》[71]。赵衰曰："重耳拜赐[72]。"公子降[73]，拜，稽首，公降一级而辞焉[74]。衰曰："君称所以佐天子者命重耳，重耳敢不拜。"

## 【注释】

①缗：古国名，在今山东省金乡县东北。

②成得臣：楚臣，字子玉，即令尹子玉。

③焦、夷：均为陈邑名。

④顿：国名，姬姓，在今河南省项城市南顿故城。

⑤令尹：楚国最高的官职。

⑥叔伯：即吕臣。

⑦贵仕：位居高官。

⑧亡人：流亡之人，指公子重耳。

⑨期：约定期限。

⑩子：即狐突之子狐毛和狐偃。

⑪策名：名字写在简策上。委质：送给尊者的进见礼物。质同"贽"。

⑫辟：罪。

⑬淫刑：滥用刑罚。逞：快意，称心。

⑭大明：伟大贤明。服：臣服。

⑮辟：避免。不敏：不清楚。

⑯保：依靠。生禄：养生之禄。

⑰校：即较量，抵抗。

⑱狐偃：狐突之子，重耳的舅父，又称子犯、舅犯。赵衰：赵夙之子，后为晋国执政大臣。颠颉：重耳亲信。魏武子：又名魏犨（chōu），重耳亲信。司空季子：又名胥臣、白季。

⑲廧（qiáng）咎（jiù）如：狄人的一支，隗姓。

⑳就木：进入棺材。木：棺材。

㉑不礼：不加礼遇。

㉒出：经过。五鹿：卫地名，当在今河南省濮阳县南。

㉓野人：乡下人。

㉔块：土块。

㉕子犯：即狐偃。

㉖乘：马四匹为一乘。

㉗桑下：桑树之下。

㉘蚕妾：养蚕的侍妾。

㉙姜氏：重耳妻子。

㉚怀与安：怀恋妻室及贪图安逸。

㉛骈胁：肋骨排列紧密，并为一体。

㉜薄：帷薄，即帘子。

㉝僖负羁：曹国大夫。

㉞相国：辅助国家。

㉟蚤：同"早"。贰：贰心，指讨好重耳。

㊱盘飧（sūn）：一盘熟食。

㊲置璧焉：飧中藏着璧玉。

㊳反：归还。

㊴启：开，此作赞助。

㊵建：立。

㊶不蕃：不昌盛。

㊷离：同"罹"，遭受。

㊸殆：大概。

㊹三士：指狐偃、赵衰、贾佗。上人：言才智谋略超出他人之上。

㊺同侪（chái）：同等，同辈。

㊻其过子弟：指晋国公族子弟路过郑国。

㊼不穀：楚成王自称。

㊽子女：指男女奴隶。

㊾羽毛齿革：泛指各种珍宝。羽，翡翠、孔雀之类的羽毛。

毛：毛皮；齿，象牙；革，犀牛皮。

㊿余：剩余。

51灵：威灵，福。

52舍：古代行军一宿为一舍，而一日行军三十里，故三十里也称为一舍。

53不获命：即不得允许。

54弭（mǐ）：泛指弓。

55属：带着。櫜（gāo）：箭囊。鞬（jiān）：弓套。

56广而俭：志向广大而生活俭约。

57文：言辞华美。

58肃而宽：严肃而宽宏。

59忠而能力：忠诚且有才能勇力。

60晋侯：指晋惠公。

61唐叔：晋始封君。

62后衰：最后衰亡。

63怀嬴：秦穆公女，晋怀公（子圉）之妻。嫁晋文公后为辰嬴。与：在其中。

64奉：双手捧着。匜（yí）：古代洗手时盛水的器具。沃盥（guàn）：浇水洗手。

65挥之：挥去手上的水。

66卑：轻视。

67降服：脱换上衣。囚：指囚拘自己。

68公：指秦穆公。

69衰：即赵衰。文：有文采。

70《河水》：此为逸诗，义取河水流向大海，海喻秦国。

⑦《六月》：见《诗经·小雅·六月》，诗篇叙述尹吉甫辅佐周宣王讨伐扉狁的武功。

⑦拜赐：拜谢恩赐。

⑦降：退到阶下。

⑦一级：一个台阶。

## 【译文】

二十三年春季，齐孝公攻打宋国，包围了缗地，为的是讨伐宋国不到齐国参加会盟。

夏季五月，宋襄公因在泓地作战受伤而病逝。

秋季，楚国的成得臣率军攻打陈国，为的是讨伐陈国又暗中勾结宋国。楚军占领了焦、夷两地，并在顿地筑城后回国。子文认为这是子玉的功劳，便任命他做令尹。叔伯对子文说："你想把国家怎么样呢？"子文说："我想以此安定国家。有了大功而不居高位，这样的人中有几个不作乱而使国家安定呢？"

九月，晋惠公去世，怀公下令不准追随逃亡在外的公子重耳。还规定了期限，到期不回来的，决不赦免。狐突的儿子毛和偃正随重耳在秦国，因此怀公不召他们回国。冬季，怀公把狐突抓了起来，说："你儿子回来，就赦免你。"狐突回答说："儿子能够做官时，父亲就教导他要忠诚不贰，这是自古以来的规矩。名字写在书简上，给主子致送了进见的礼物后，再有二心，就是罪过。如今我儿子的名字在重耳那里已经有几个年头了。如果召他回来，就是教他另有二心。父亲教儿子不忠，还怎么来事奉国君呢？不滥用刑罚，这是

赵宣子桃国强谏

国君的圣明，也是我的愿望。如果想滥用刑罚以逞淫威，那么谁没有罪过呢？我明白您的意思了。"怀公杀了狐突。

卜偃推说有病不出家门，他说："《周书》上有这样的话：'国君伟大圣明，臣民才能顺服。'自己不贤能，却借杀人以逞淫威，不也很难长久吗？百姓看不到国君的德行，只听到杀戮，他的后代怎么还能长享禄位呢？"

十一月，杞成公去世。《春秋》称其为"子"。因为杞是夷人。不记载其名字，是因为他没有和鲁国结盟。凡是结盟的诸侯，死后就在讣告上写上名字，这是合乎礼的。讣告上写上名字，《春秋》就加以记载，否则就不记，这是为了避免因不清楚而误记。

晋国的公子重耳遭受骊姬祸难时，晋国人曾攻打蒲城。蒲城人打算迎战，重耳不让，他说："我依靠君父的命令，才享受到优越的禄位，得到百姓的拥护。如果因为自己有了拥护者，便同君父抵抗，那就再没有比这更大的罪过了。我还是逃亡吧。"就逃到狄人那里去了。跟随他的有狐偃、赵衰、颠颉、魏武子、司空季子。狄子攻打廧咎如，俘获了他的两个女儿叔隗、季隗，把她们送给晋公子。重耳娶了季隗，后来生了伯儵、叔刘。把叔隗送给赵衰为妻，后来生了赵盾。重耳准备到齐国去，对季隗说："你等我二十五年，我如果不回来你再嫁人。"季隗回答说："如今我已二十五年，如果再过这些年，行将就木，怎么还能嫁人。我等着您就是了。"重耳在狄人那里住了十二年后才离去。

路过卫国时，卫文公没有以礼相待。他经过五鹿向东行走时，向乡下人要饭，那人给了他一个土块。重耳非常愤怒，想要鞭打他。子犯说："这是上天的恩赐啊！"重耳便叩头致谢，收下土块并把它装到车上。

到了齐国后，齐桓公为他娶了妻，并送给他八十匹马，重耳因此而安于在齐国的生活。随从的人认为这样不行，准备离他而去，就聚在桑树下商量。当时正好有一婢女在树上采摘桑叶，把这件事告诉了姜氏。姜氏把这个婢女杀了，对重耳说："您有远大的志向，我已把听到的人杀了。"重耳说："没有这事啊！"姜氏说："你走吧！眷恋享受，安于现状，实在是容易毁坏一个人的名声。"重耳不肯走，姜氏就和子犯商量，把他灌醉后，将他送走。重耳酒醒后，持戈追逐子犯要刺他。

到了曹国，曹共公听说重耳的肋骨相连如一骨，就想看看他裸体时的样子。乘重耳沐浴时，隔着帘子偷看。僖负羁的妻子说："我看晋公子的随从，都能做国家的辅佐之臣。如果晋公子能用他们做辅臣，一定能回到晋国为君。回国后，也一定能在诸侯中得志。得志以后要惩罚对他无礼的国家，曹国便会首当其冲。你何不早一点对他有所表示呢？"僖负羁就送给重耳一盘晚饭，并在饭中藏了一块璧玉。重耳接受了食物，把玉璧退了回来。

到了宋国，宋襄公送给重耳八十匹马。

到了郑国，郑文公也没有以礼相待。叔詹劝谏说："我听说上天所赞助的人，谁也比不了。晋公子有三点是别人比不上的，或许是上天要立他为君吧，国君还是要以礼相待。如果同姓结婚，其子孙必不昌盛。晋公子的母亲是戎族的狐姬，与晋国都是姬姓，却一直活到今天，这是第一点。他逃亡在外，上天却又不让晋国安定下来，大概是上天正在为他开创一条通向国君的道路吧，这是第二点。狐偃、赵衰、贾佗这三个人都胜过一般人，却都甘心追随他，这是第三点。晋国和郑国地位相当，他们的子弟经过郑国，本来就应该以礼相待，更何况是上天赞助的人呢？"文公不听。

到了楚国，楚成王设酒宴款待他，并说："公子如能回到晋国，用什么来报答我呢？"重耳回答说："男女奴仆和玉帛，国君已经有了。鸟羽、皮毛、象牙、皮革，本来就是国君土地上生长的。晋国的那些东西，都是国君所剩余的，我还能用什么来报答国君呢？"成王说："尽管如此，你用什么报答我呢？"重耳回答说："如果托国君的福，能回到晋国，一旦晋楚两国交战，在中原相遇，为报答国君的恩德，晋国将把军队后退九十里。如果这样还不能获得国君的谅解而退兵，那么就只能手持武器，与国君较量一下了。"子玉请求杀掉他，成王说："晋公子志向远大且严于律己，言语得体且合乎礼。跟从他的人都态度严肃待人宽厚，效忠于他，能为他出力。晋侯没有亲近之人，所以国内外都讨厌他。我听说姬姓中唐叔的后代，在诸侯中将最后衰亡，这恐怕是因为晋公子吧！上天将要使他兴盛起来，谁能把他废掉呢？违背了上天的旨意，必遭大灾。"就把他送到了秦国。

秦穆公送给重耳五个女子，其中包括怀嬴。怀嬴手捧水盆伺候重耳洗手，重耳洗后随手把水甩掉，怀嬴生气地说："秦、晋两国地位平等，为什么这样看不起我？"重耳害怕，便脱去上衣，自囚以谢罪。

一天，秦穆公设酒宴招待重耳。狐偃说："我不如赵衰善于辞令。请您让他跟着去吧。”重耳在酒宴上吟诵了《河水》一诗，穆公则吟诵了《六月》一诗。赵衰说：“请重耳拜谢国君赐予的美言。”重耳走到台阶下拜谢，而后叩头，穆公则走下一级台阶辞谢。赵衰说：“国君对重耳寄予辅佐天子的厚望，重耳怎能不拜谢呢？”

# 僖公二十四年

**【原文】**

（经）　二十有四年春，王正月。夏，狄伐郑。秋七月。冬，天王出居于郑[①]。晋侯夷吾卒。

**【注释】**

①天王：周襄王。出居：出奔。

**【译文】**

二十四年春，周历正月。夏，狄人攻打郑国。秋七月。冬，周天子出奔到郑国。晋侯夷吾死。

**【原文】**

（传）　二十四年春，王正月，秦伯纳之[①]，不书，不告入也。及河，子犯以璧授公子，曰：“臣负羁绁从君巡于天下②，臣之罪甚多矣。臣犹知之，而况君乎？请由此亡。"公子曰："所不与舅氏同心者③，有如白水。"投其璧于河。济河，围令狐，入桑泉，取臼衰④。二月甲午，晋师军于庐柳⑤。秦伯使公子絷如晋师，师退，军于郇⑥。辛丑，狐偃及秦、晋之大夫盟于郇。壬寅，公子入于晋师。丙午，入于曲沃。丁未，朝于武宫⑦。戊申，使杀怀公于高梁。不书，亦不告也。

吕、郤畏逼⑧，将焚公宫而弑晋侯⑨。寺人披请见，公使让之，且辞焉，曰："蒲城之役，君命一宿⑩，女即至⑪。其后余从狄君以田渭滨⑫，女为惠公来求杀余，命女三宿，女中宿至。虽有君命，何其速也。夫祛犹在⑬，女其行乎。"对曰："臣谓君之入也，其知之矣。若犹未也，又将及难。君命无二，古之制也。除君之恶，唯力是视。蒲人、狄人，余何有焉。今君即位，其无蒲、狄乎？齐桓公置射钩而使管仲相⑭。君若易之，何辱命焉？行者甚众，岂唯刑臣⑮。"公见之，以难告。三月，晋侯潜会秦伯于王城⑯。己丑晦，公宫火。瑕甥、郤芮不获公，乃如河上，秦伯诱而杀之。晋侯逆夫人嬴氏以归。秦伯送卫于晋三千人，实纪纲之仆⑰。

初，晋侯之竖头须⑱，守藏者也⑲。其出也，窃藏以逃，尽用以求纳之。及入，求见，公辞焉以沐⑳。谓仆人曰："沐则心覆，心覆则图反，宜吾不得见也。居者为社稷之守，行者为羁绁之仆㉑，其亦可也，何必罪居者？国君而雠匹夫，惧者甚众矣。"仆人以告，公遽见之㉒。

狄人归季隗于晋，而请其二子。文公妻赵衰，生原同、屏括、楼婴。赵姬请逆盾与其母，子余辞。姬曰："得宠而忘旧，何以使人，必逆之！”固请，许之。来，以盾为才，固请于公，以为嫡子，而使其三子下之，以叔隗为内子[23]，而己下之。

晋侯赏从亡者，介之推不言禄[24]，禄亦弗及。推曰："献公之子九人，唯君在矣。惠、怀无亲，外内弃之。天未绝晋，必将有主。主晋祀者，非君而谁？天实置之，而二三子以为己力，不亦诬乎[25]？窃人之财，犹谓之盗，况贪天之功以为己力乎？下义其罪，上赏其奸，上下相蒙，难与处矣。"其母曰："盍亦求之？以死谁怼[26]？"对曰："尤而效之[27]，罪又甚焉，且出怨言，不食其食。"其母曰："亦使知之，若何？"对曰："言，身之文也[28]。身将隐，焉用文之？是求显也[29]。"其母曰："能如是乎？与女偕隐。"遂隐而死。晋侯求之，不获，以绵上为之田，曰："以志吾过[30]，且旌善人[31]。"

郑之入滑也，滑人听命，师还，又即卫[32]。郑公子士泄、堵俞弥帅师伐滑。王使伯服、游孙伯如郑请盟。郑伯怨惠王之入而不与厉公爵也，又怨襄王之与卫、滑也[33]，故不听王命而执二子。王怒，将以狄伐郑。富辰谏曰："不可。臣闻之，大上以德抚民，其次亲亲以相及也。昔周公吊二叔之不咸[34]，故封建亲戚以蕃屏周。管蔡郕霍，鲁卫毛聃，郜雍曹滕，毕原酆郇，文之昭也。邘晋应韩，武之穆也。凡蒋邢茅胙祭，周公之胤也[35]。召穆公思周德之不类[36]，故纠合宗族于成周而作诗，曰：'常棣之华[37]，鄂不韡韡[38]，凡今之人，莫如兄弟。'其四章曰：'兄弟阋于墙[39]，外御其侮。'如是，则兄弟虽有小忿，不废懿亲[40]。今天子不忍小忿以弃郑亲，其若之何？

庸勋[41]亲亲昵近尊贤，德之大者也。即聋从昧，与顽用嚚[42]，奸之大者也。弃德崇奸，祸之大者也。郑有平、惠之勋，又有厉、宣之亲，弃嬖宠而用三良[43]，于诸姬为近[44]，四德具矣。耳不听五声之和为聋，目不别五色之章为昧[45]，心不则德义之经为顽[46]，口不道忠信之言为嚚。狄皆则之，四奸具矣。周之有懿德也，犹曰'莫如兄弟'，故封建之。其怀柔天下也，犹惧有外侮，扞御侮者莫如亲亲[47]，故以亲屏周。召穆公亦云。今周德既衰，于是乎又渝周、召[48]以从诸奸，无乃不可乎？民未忘祸，王又兴之，其若文、武何？"王弗听，使颓叔、桃子出狄师。

夏，狄伐郑，取栎[49]。王德狄人[50]，将以其女为后[51]。富辰谏曰："不可。臣闻之曰：'报者倦矣。施者未厌。'狄固贪惏，王又启之，女德无极，妇怨无终，狄必为患。"王又弗听。

初，甘昭公有宠于惠后，惠后将立之，未及而卒。昭公奔齐，王复之。又通于隗氏。王替隗氏[52]。颓叔、桃子曰："我实使狄，狄其怨我。"遂奉大叔，以狄师攻王。王御士将御之，王曰："先后其谓我何[53]？宁使诸侯图之。"王遂出。及坎欿[54]，国人纳之。

秋，颓叔、桃子奉大叔，以狄师伐周，大败周师，获周公忌父、原伯、毛伯、富辰。王出适郑，处于氾。大叔以隗氏居于温。

郑子华之弟子臧出奔宋，好聚鹬冠[55]。郑伯闻而恶之，使盗诱之。八月，盗杀之于陈、宋之间。君子曰："服之不衷[56]，身之灾也。《诗》曰：'彼己之子，不称其服[57]。'子臧之服，不称也夫。《诗》曰：'自诒伊戚[58]，其子臧之谓矣。《夏书》曰'地平天成'[59]，称也。"

宋及楚平[60]。宋成公如楚，还入于郑。郑伯将享之[61]，问礼于皇武子。对曰："宋，先代之后也，于周为客，天子有事膰焉[62]，有丧拜焉，丰厚可也。"郑伯从之，享宋公有加，礼也。

冬，王使来告难曰："不穀不德，得罪于母弟之宠子带，鄙在郑地汜[63]，敢告叔父。"臧文仲对曰："天子蒙尘于外，敢不奔问官守[64]。"王使简师父告于晋，使左鄢父告于秦。天子无出，书曰"天王出居于郑"，辟母弟之难也[65]。天子凶服降名[66]，礼也。

郑伯与孔将钼[67]、石甲父、侯宣多省视官具于汜，而后听其私政，礼也。卫人将伐邢，礼至曰："不得其守，国不可得也。我请昆弟仕焉[68]，"乃往，得仕。

## 【注释】

①纳之：使重耳回国。

②羁绁：马络头与马缰绳。

③舅氏：子犯是重耳的舅父。

④臼衰：地名，在今山西临猗县西。

⑤庐柳：晋地，当为今山西省临猗县北的庐柳城。

⑥郇：古国名，此时为晋地。

⑦武宫：重耳祖父晋武公的神庙。

⑧吕：吕甥。郤：郤芮。

⑨晋侯：指晋文公，即重耳。

⑩宿：夜。

⑪女：通汝。

⑫田：打猎。渭滨：渭水之滨。

⑬祛：音 qū，袖口。僖公五年在蒲城，寺人披没能杀死重耳，仅斩断他一只袖管。

⑭钩：带钩，束腰革带上的金属钩。齐桓公和公子纠争位，管仲奉公子纠之命，射桓公，中钩。

⑮刑臣：受过刑的臣子。

⑯王城：秦地。

⑰纪纲之仆：有办事能力的仆人。

⑱竖：小臣，未成年而给人做事的人。

⑲藏（zàng）：存放财物的地方。

⑳沐：洗头。

㉑羁绁之仆：引申为牵马的仆人。

㉒遽：急速。

㉓内子：嫡妻。

㉔介之推：重耳逃亡时的低级从臣。姓介名推，之是语助词。

㉕诬：欺骗。

㉖怼：音 duì，怨恨。

㉗尤：谴责。效：效法。

㉘文：文饰。

㉙显：显达。

㉚志：记。

㉛旌：表彰。

㉜即：靠近。

㉝与：亲附。

㉞吊：伤痛。二叔：武王弟管叔鲜和蔡叔度。成王时，二叔作乱，周公平乱，杀管叔，放蔡叔。咸：终。

㉟胤：后代。

㊱类：善。

㊲常棣：彤。华：音 huā，花。

㊳鄂：通萼，花托。不：通柎（fū），花萼的足。韡（wēi）韡：鲜明茂盛的样子。

㊴阋：争吵。

㊵懿：美好。

㊶庸：功劳。

㊷嚚（yín）：奸诈。

㊸弃嬖宠：指七年杀宠臣申侯之事。

㊹近：亲近。

㊺章：花纹。

㊻则：效法。

㊼扞：音 hàn，抵御。

㊽渝：音 yú，改变。周：周公。召：音 shào，召公。

㊾栎：音 lì，郑国的别都。

㊿德：感谢。

(51)后：王后。

(52)替：废。

(53)先后：即惠后。

(54)坎欿：周地。

(55)鹬：音 yú，一种水鸟。

(56)衷：音 zhòng，适当。

(57)称：音 chèn，相称，合适。

(58)诒：音 yí，留给。伊：此。戚：忧。

(59)《夏书》：属《尚书》的逸书。

(60)平：讲和。

(61)享：用酒宴招待人。

(62)有事：有祭祀。

(63)鄙：野居。

(64)官守：居官职的人，指天子的群臣。

(65)母弟：同母弟弟。

(66)降名：天子当自称余一人，不谷是诸侯自称，天子用不谷自称，是降低自己的名义。

㊻钼（chú）：省视，问候检查。

㊽昆弟：兄弟。

## 【译文】

二十四年春季，周历的正月，秦穆公把公子重耳送回晋国。《春秋》没有记载这件事，因为晋国没有向鲁国报告此事。到达黄河岸边，子犯把玉璧还给公子，说："下臣背着马笼头马缰绳跟您在天下巡行，下臣的罪过很多，下臣自己尚且知道，何况您呢？请您让我从这里走开吧。"公子说："如果不和舅父一条心，有河神作证。"把他的玉璧扔到黄河里。重耳等一行渡过黄河，包围了令狐，进入桑泉，占取了白衰。二月的一天，晋国的军队驻扎在庐柳。秦穆公派遣公子絷到晋国军队里陈说利害。晋军退走，驻扎在郇地。又一天，狐偃和秦国、晋国的大夫在郇地结盟。又一天，公子重耳到达晋国的军队里。又一天，重耳进入曲沃。又一天，重耳在晋武公的庙宇中朝见群臣。又一天，重耳派人在高梁杀死了晋怀公。《春秋》没有记载这件事，也是由于晋国没有来鲁国报告的缘故。

吕、郤两家害怕祸难逼近，准备焚烧宫室而杀死晋文公。寺人披请求进见。晋文公派人责备他，而且拒绝接见，说："蒲城那一次，国君命令你过一个晚上到达，你立刻就到了。后来我跟随狄君在渭水边上打猎，你为惠公来杀我，惠公命令你过三个晚上到达，你过两个晚上就到了。虽然有国君的命令，为什么那么快呢？那只被割断的袖子还在，你还是走开吧！"寺人披回答说："小臣原来认为国君回国以后，已经了解情况了。如果还没有，就会又一次遇到祸难。执行国君的命令只有一心一意，这是古代的制度。除去国君所厌恶的人，只看自己有多大力量。蒲人、狄人，对我来说算什么呢？现在您即位做国君，也会同我心目中一样没有蒲、狄吧！齐桓公把射钩的事放在一边，而让管仲辅助他。君王如果改变这种做法，我会自己走的，哪里需要君王的命令呢？离开的人很多，岂独是我受过宫刑的小臣？"晋文公接见了寺人披，寺人披就把祸乱告诉了晋文公。三月，晋文公秘密地和秦穆公在王城会见。三十日，文公的宫殿起火。瑕甥、郤芮找不到晋文公，于是就到黄河边上去找，秦穆公把他们诱去杀死了。晋文公迎接夫人嬴氏回国。秦穆公赠送给晋国卫士三千人，都是一些得力的臣仆。

　　当初，晋文公有个侍臣名叫头须，是管理财物的。当晋文公在国外的时候，头须偷了财物潜逃，把这些财物都用来设法让晋文公回国。等到晋文公回来，头须请求进见。晋文公推托说正在洗头。头须对仆人说："洗头的时候心倒过来，心倒了意图就反过来，无怪我不能被接见了。留在国内的人是国家的守卫者，跟随在外的是背着马笼头马缰绳的仆人，这也都是可以的，何必要以留在国内的为有罪？身为国君而仇视普通人，害怕的人就多了。"仆人把这些话告诉晋文公，晋文公立即接见了他。

　　狄人把季隗送回晋国，而请求留下她的两个儿子。晋文公把女儿嫁给赵衰。生了原同、屏括、楼婴。赵姬请求迎接盾和他的母亲。赵衰辞谢不肯。赵姬说："得到新宠而忘记旧好，以后还怎么使用别人？一定要把他们接回来。"坚决请求，赵衰同意了。回来以后，赵姬认为赵盾有才，坚决向赵衰请求，把赵盾作为嫡子，而让她自己生的三个儿子居于赵盾之下，让叔隗作为正妻，而自己居于她之下。

　　晋文公赏赐跟随他逃亡的人，介之推没有提及禄位，禄位也没有给他。介之推说："献公的儿子有九个，只有国君在世了。惠公、怀公没有亲近的人，国内国外都抛弃了他们。上天不使晋国绝后，必定会有君主。主持晋国祭祀的人，不是国君又会是谁？这实在是上天立他为君，而他们这些人却以为是自己的力量，这不是欺骗吗？偷别人的财物，尚且叫做盗，何况贪天之功以为自己的力量呢？下面的人把贪功的罪过当成合理，上面的人对欺骗加以赏赐，上下相互欺蒙，这就难和他们相处了。"介之推的母亲说："为什么不也去求赏？这样而死，又能怨谁？"介之推回答说："明知错误而去效法，错误就更大了。而且我口出怨言，不能吃他的俸禄。"他母亲说："也让他知道一下，怎么样？"介之推回答说："说话，是身体的文饰。身体将要隐藏，哪里用得着文饰？这只不过是去求显露罢了。"他母亲说："你能够这样吗？我和你一起隐居起来。"于是就隐居而死。晋文公派人到处找寻他没有找到，就把绵上的田封给他，说："用这来记载我的过失，而且表扬好人。"

郑军进入滑国的时候，滑人听从命令。军队回去，滑国又亲附卫国。郑国的公子士、泄堵俞弥带兵进攻滑国。周天子派伯服、游孙伯到郑国请求不要进攻滑国。郑文公怨恨周惠王回到成周而不给厉公爵位，又怨恨周襄王偏袒卫、滑两国，所以不听周天子的命令而逮捕了伯服和游孙伯。周天子发怒，打算领着狄人进攻郑国。富辰劝谏说："不行。下臣听说，最高的人用德行来安抚百姓，其次的亲近亲属，由近到远。从前周公感伤管叔、蔡叔不得善终，所以亲戚分封建制以作为周的屏障。管、蔡、郕、霍、鲁、卫、毛、聃、郜、雍、曹、滕、毕、原、酆、郇各国，是文王的儿子，邘、晋、应、韩各国，是武王的儿子。凡、蒋、邢、茅、胙、祭各国，是周公的后代。召穆公忧虑周德衰微，所以集合了宗族在成周而作诗，说：'郁李的花儿，花朵是那么漂亮艳丽，现在的人们，总不能亲近得像兄弟。'诗的第四章说：'兄弟们在墙里争吵，一到墙外就共同对敌。'像这样，那么兄弟之间虽然有小小怨怼，也不能废弃好亲属。现在您不忍耐小怨而丢弃郑国这门亲属，又能把它怎么办？酬答勋劳，亲爱亲属，接近近臣，尊敬贤人，这是德行中的大德。靠拢耳背的人，跟从昏暗的人，赞成固陋的人，使用奸诈的人，这是邪恶中的大恶，抛弃德行，崇尚邪恶，这是祸患中的大祸。郑国有过辅助平王、惠王的勋劳，又有厉王、宣王的亲属关系，郑国国君舍弃宠臣而任用三个好人，在姬姓诸姓中属于近亲，四种德行都具备了。耳朵不能听到五声的唱和是耳聋，眼睛不能辨别五色的文饰是昏暗，心里不学德义的准则是固陋，嘴里不说忠信的话是奸诈。狄人效法这些，四种邪恶都具备了。周室具有美德的时候，尚且说'总不能亲近得像兄弟'，所以分封建制。当它笼络天下的时候，尚且害怕有外界的侵犯；抵御外界侵犯的措施，没有比亲近亲属再好的了，所以用亲属作为周室的屏障。召穆公也是这样的说的。现在周室的德行已经衰败，而这时又改变周公、召公的措施以跟从各种邪恶，恐怕不可以吧！百姓没有忘记祸乱，君王又把它挑起来，怎么来对待文王、武王呢？"周天子不听，派遣颓叔、桃子出动狄军。

夏季，狄军进攻郑国，占取了栎地。周天子感谢狄人，准备把狄君的女儿做王后。富辰劝阻说："不行。臣听说：'报答的人已经厌倦了，施恩的人还没有满足。'狄人本来贪婪，而您又引导他们。女子的德行没有尽头，妇人的怨恨没有终了，狄人必然成为祸患。"周天子又不听。

当初，甘昭公受到惠后的宠爱，惠后打算立他为嗣君，没有来得及惠后就死去了。昭公逃亡到齐国，周天子让他回来，他又和隗氏私通。周天子废了隗氏。颓叔、桃子说："狄人这样，是我们指使的，狄人可能会怨恨我们。"就奉事太叔攻打周天子，周王的侍卫人员准备抵御，周王说："如果杀死太叔，先王后将会说我什么？宁可让诸侯来商量一下。"周王于是就离开成周，到达坎欿，都城里的人又把周王接回都城。

秋季，颓叔、桃子事奉太叔领了狄人的军队进攻成周，把周军打得大败，俘虏了周公忌父、原伯、毛伯、富辰。周天子离开成周去郑国，住在汜地。太叔和隗氏住在温地。

郑国子华的兄弟子臧逃亡到宋国，喜欢收集鹬毛冠。郑文公听到了很讨厌他，指使杀手骗他出来。八月，杀手将子臧杀死在陈国和宋国交界的地方。君子说："衣服的不合适，这是身体的灾祸。《诗》说：'那一个人啊，和他的服饰不能相称'，子臧的服饰，就是不相称啊！《诗》说：'自己给自己找来忧戚。'这话正适用于子臧。《夏书》说'大地平静，上天成全。'这就是上下相称了。"

宋国和楚国讲和，宋成公到楚国。回国时，进入郑国。郑文公准备设宴招待他，向皇武子询问礼仪。皇武子回答说："宋国是先朝的后代，在周朝来说是客人。天子祭祀宗庙，要送给他祭肉；有了丧事，宋国国君来吊唁，天子是要答拜的。丰盛地招待他是可以的。"郑文公听从皇武子的话，设享礼招待宋公，比常礼有所增加。这是合于礼的。

冬季，周天子的使者前来报告发生的祸难，说："不穀缺乏德行，得罪了母亲所宠爱的儿子带，现在僻处在郑国的汜地，谨敢以此报告叔父。"臧文仲回答说："天子在外边蒙受尘土，岂敢不赶紧去问候左右。"周天子派简师父向晋国报告，派左鄢到秦国报告。天子无所谓出国，《春秋》记载说："王出居于郑"，意思是由于躲避兄弟所造成的祸难。天子穿着素服，自称"不榖"，这是合于礼的。

郑文公和孔将钮、石甲父、侯宣多到氾地问候天子的官员和检查供应天子的用品，然后听取属于郑国的政事，这是合于礼的。卫国人准备攻打邢国，卫大夫礼至说："不做他们的官，国家是不能得到的。我请求让我们兄弟去邢国做官。"于是他们就前去邢国，做了官。

# 僖公二十五年

**【原文】**

（经）　二十有五年春，王正月丙午，卫侯燬灭邢。夏四月癸酉，卫侯燬卒。宋荡伯姬来逆妇①。宋杀其大夫。秋，楚人围陈，纳顿子于顿②。葬卫文公。冬十有二月癸亥，公会卫子、莒庆盟于洮③。

**【注释】**

①荡伯姬：鲁女嫁与宋大夫荡氏为妻者。逆妇：迎娶儿媳。

②顿为小国，与陈相邻，受到陈国威胁，其国君顿子逃往楚国。此次楚令尹子玉追赶秦师，没有赶上，顺便围陈，并护送顿子回国。

③卫子：卫成公，因父死未超过一年，故新君不称爵。

莒庆：莒大夫。洮：鲁地，与莒国临近。

## 【译文】

二十五年春，周历正月二十日，卫侯燬灭掉邢国。夏四月十九日，卫侯燬死。宋国的荡伯姬来鲁迎妇。宋国杀死其大夫。秋，楚人包围陈国都城，并护送顿国君主回国。安葬卫文公。冬十二月十二日，鲁公在洮会见卫子、莒庆，并在洮结盟。

## 【原文】

（传） 二十五年春，卫人伐邢，二礼从国子巡城[1]，掖以赴外[2]，杀之。正月丙午，卫侯燬灭邢，同姓也，故名[3]。礼至为铭曰[4]："余掖杀国子，莫余敢止[5]。"

秦伯师于河上[6]，将纳王。狐偃言于晋侯曰："求诸侯，莫如勤王[7]。诸侯信之，且大义也[8]。继文之业而信宣于诸侯，今为可矣[9]"。使卜偃卜之，曰："吉，遇黄帝战于阪泉之兆[10]。"公曰："吾不堪也[11]。"对曰："周礼未改[12]。今之王，古之帝也。"公曰："筮之。"筮之，遇《大有》☰☰之《睽》☰☰，曰："吉。遇'公用享于天子'之卦[14]。战克而王享，吉孰大焉？且是卦也，天为泽以当日，天子降心以逆公[15]，不亦可乎？《大有》去《睽》而复，亦其所也[16]。"晋侯辞秦师而下[17]。三月甲辰，次于阳樊[18]。右师围温，左师逆王[19]。夏四月丁巳[20]，王入于王城。取大叔于温，杀之于隰城[21]。

## 【注释】

①二十五年：鲁僖公二十五年（公元前635年）。二礼：指礼至兄弟二人。从国子：跟随国子。国子，是邢国的正卿。

②掖（yè夜）：挟持，指持人的手臂。

③正月丙午：正月二十日。卫侯燬：即卫文公。同姓：卫国和邢国都是姬姓国。

④为铭：作铭文，指在铜器上刻上文字。铭，在器物上记述功德等的文字。

⑤莫余敢止：即"莫敢止余"的倒装句式，没有人敢来阻止我。

⑥师于：驻扎在。

⑦求诸侯：求得诸侯的拥护。勤王：为天子事效劳，此指纳王。

⑧大义：合于大义。

⑨文之业：文侯的事业。文，指晋文侯，名仇，平王东迁有功，为平王侯伯。信宣于诸侯：在诸侯当中宣扬信用。

⑩黄帝战于阪泉：黄帝在阪泉之野与神农之后作战；黄帝胜利，遂为天下之帝。兆：预兆，即卦象。

⑪不堪：担当不起，即不敢担当此兆。

⑫周礼：周公之礼，即周王室的礼制。

⑬《大有》䷍之《睽》䷥：《大有》䷍变成《睽》䷥，是吉利之兆。

⑭公用享于天子：公被天子设享礼招待。公，此指

晋侯。

⑮天为泽：天变成水泽。当日：承受太阳的照耀。天子
降心以逆公：天子自己降格而迎接您。

⑯《大有》去《睽》而复：《大有》变成《睽》而又回
到本卦《大有》。

⑰辞：辞让，指让秦军回去；晋侯自专纳襄王的功劳。
下：顺流而下。

⑱三月甲辰：三月十九日。阳樊：周畿内邑名（在今河
南济源市）。

⑲右师：右翼部队。因为王子带在温，故晋国分师包围
此地。

⑳四月丁巳：四月初三。王城：周都城（在今河南洛阳
市西）。

㉑隰城：周畿内邑名（在今河南武陟县西南）。

## 【译文】

　　鲁僖公二十五年春天，卫军攻打邢国，礼氏二兄弟跟随
国子在城上巡视，两人左右挟持国子扔到城外，杀掉了他。
正月二十日，卫侯燬灭掉邢国，由于卫国和邢国同姓，所以
记载卫侯的名字。礼至在铜器上作铭文说："我挟持杀掉国子，
没有人敢来阻止我。"

　　秦穆公把军队驻扎在黄河边上，准备护送周天子回国。
狐偃对晋文公说："求得诸侯的拥护，没有像为天子的事尽
力有效了。可以得到诸侯信任，并且合于大义。继续文侯的
事业，同时在诸侯当中宣扬信义，现在可以做了。"让卜偃

楚庄王仗义讨征舒

占卜，说：“吉利。得到黄帝在阪泉作战的卦兆。”晋文公说：“我担当不起啊。”卜偃回答说：“周王室的礼制没有改变。现在的王，就是古代的帝。”晋文公说：“占筮。”又占筮，得到《大有》☲变成《睽》☲，说：“吉利。得到‘公被天子设享礼招待’的卦，战胜以后天子设享礼招待，还有什么比这大的吉利吗？而且这一卦，天变成水泽来承受太阳的照耀，象征天子自己降格而迎接您，不也是可以吗？《大有》变成《睽》而又回到本卦《大有》，象征天子也会回到他的处所。”晋文公辞退秦军顺流而下。三月十九日，晋军驻扎在阳樊。右翼部队包围了温地，左翼部队迎接周襄王。夏季四月初三，周襄王进入王城。在温地捉住带，把他杀死在隰城。

## 【原文】

戊午，晋侯朝王，王享醴，命之宥①。请隧，弗许②，曰："王章也③。未有代德而有二王，亦叔父之所恶也④。"与之阳樊、温、原、攒茅之田⑤。晋于是始启南阳⑥。

阳樊不服，围之。苍葛呼曰⑦："德以柔中国，刑以威四夷⑧，宜吾不敢服也。此谁非王之亲姻，其俘之也⑨？"乃出其民⑩。

## 【注释】

①戊午：此指四月初四。命之宥，又命加上币帛来助欢。

②隧（suì 岁）：隧道，此指用隧道葬人，只有周天子

可用隧道葬礼。请隧，即晋文公请求天子允许他死后得用隧道葬自己。

③王章：天子的典章；此是周的典章规定天子与诸侯葬礼的不同。

④未有代德：没有取代周王室的德行。二王：两个天子；晋文公欲求得天子葬礼，就等于有二王。

⑤原：周地名（在今河南济源市西北）。欑（cuán 攒，又读 zǎn 昝）茅：周畿内邑名（在今河南修武县北）。田：土地。

⑥南阳：其地在黄河之北、太行山之南，故晋国叫它为南阳。

⑦苍葛：阳樊人，抵抗晋国的领袖。

⑧中国：指中原国家。

⑨谁非王之亲姻：谁不是王室的亲戚。

⑩出其民：放走阳樊的百姓。

## 【译文】

四月初四，晋文公进见周天子，周天子用甜酒招待他，又命加上币帛来助欢。晋文公请求死后能用隧道葬自己，周天子没有允许，说：“这是天子的典章。没有取代周王室的德行而有两个天子，这也是叔父所不喜欢的。”周天子赐给晋侯阳樊、温、原、欑茅的土地。晋国这时开始开辟了南阳的疆土。

阳樊人不降服，晋军包围了阳樊。苍葛大喊说：“用德行来安抚中原国家，用刑罚来威慑四方夷狄，这样做无怪我们不敢降服。这里谁不是王室的亲戚，难道能俘虏他们吗？"
于是就放阳樊的百姓出城。

**【原文】**

秋，秦、晋伐鄀[1]。楚斗克、屈御寇以申、息之师戍商密[2]。秦人过析隈，入而系舆人以围商密，昏而傅焉[3]。宵，坎血加书，伪与子仪、子边盟者[4]。商密人惧曰："秦取析矣，戍人反矣。"乃降秦师。秦师囚申公子仪、息公子边以归。楚令尹子玉追秦师[5]，弗及。遂围陈，纳顿子于顿[6]。

**【注释】**

①鄀（ruò 若）：秦、楚交界之地的小国，国都商密，在今河南淅川县南，后迁到今湖北宜城市东南。

②斗克：字子仪，楚国申公。屈御寇：字子边，楚国息公。楚国地方长官都称公。楚国常动用申、息之师作战。

③析：鄀国别邑（在今河南内乡县、淅川县西北境）。而杜预注认为是楚邑。隈（wēi 威）：弯曲的地方。一说隈，水曲处，指丹水的弯曲处。二解都说明秦军避开戍守之兵。系：捆绑着。舆人：职位低微的吏卒，此即士兵。傅：通"附"，附着，即靠近，指靠近城下。

④坎：掘地为坎。血：杀牲取血，即歃血。加书：把盟书放在上面。伪：伪装。

⑤子玉：详见鲁僖公二十三年、二十七年、二十八年注。

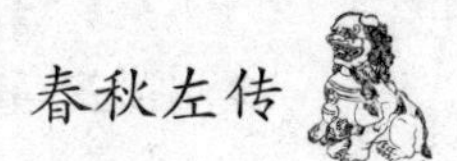

⑥顿子：顿国国君。

## 【译文】

秋天，秦国、晋国攻打鄀国。楚国斗克、屈御寇率领申、息两地的军队戍守商密。秦军经过析地的弯曲地带，同时捆绑着士兵假装俘虏包围商密，黄昏时逼近城下。夜里，掘地歃血把盟书放在上面，假装和斗克、屈御寇盟誓的样子。商密人害怕说："秦国占领析地了，戍守的人背叛了。"于是就向秦军投降。秦军囚禁了申公斗克、息公屈御寇回国。楚国令尹子玉追赶秦军，没有追上。于是楚军包围了陈国，把顿子护送回顿国。

## 【原文】

冬，晋侯围原，命三日之粮。原不降，命去之①。谍出②，曰："原将降矣。"军吏曰③："请待之。"公曰："信，国之宝也，民之所庇也④，得原失信，何以庇之？所亡滋多⑤。"退一舍而原降。迁原伯贯于冀⑥。赵衰为原大夫，狐溱为温大夫⑦。

卫人平莒于我。十二月，盟于洮，修卫文公之好⑧，且及莒平也。

晋侯问原守于寺人勃鞮⑨。对曰："昔赵衰以壶飧从⑩，径，馁而弗食。"故使处原。

## 【注释】

①去之：离开原城，指晋军撤离围原之兵。

②谍：间谍，指刺探敌情的人。出：从原城出来。

③军吏：指军中的官员。即军官。

④国之宝：是国家的宝贝。民之所庇（bì 闭）：百姓靠它庇护，即是庇护百姓的。

⑤滋多：更多。

⑥原伯贯：周王室守原的大夫。冀：本为国名，被晋国所灭，今为晋地（在今山西河津市东北）。

⑦狐溱（zhēn 真）：狐毛之子。

⑧洮：鲁国地名。

⑨问原守于寺人勃鞮（dī）：向寺人勃鞮询问镇守原地长官的人选。原守，镇守原地的长官，即原大夫。寺人勃鞮，即寺人披。

⑩以壶飧（sūn 孙）：用壶携带食物。

## 【译文】

这年冬天，晋文公包围了原城，命令携带三天的粮食。到了三天原城人不投降，晋侯命令军队撤离原城。间谍从城里出来，说："原城准备投降了。"军吏说："请等待一下。"晋文公说："信用，是国家的宝贝，百姓靠它庇护，得到原城而失掉信用，用什么庇护百姓？丢掉的东西就更多了。"退兵二十里而原城投降。晋侯把原伯贯迁移到冀地。任命赵衰做原大夫，狐溱做温大夫。

卫国人调停莒国和我国的关系。十二月，僖公和卫子、莒子在洮地结盟，重温卫文公时的旧好，并且和莒国媾和。

晋文公向寺人勃鞮询问原地长官的人选。勃鞮回答说：

"从前赵衰用壶携带了食物跟随您，一个人走在小路上，饿了而不去吃它。"所以晋侯让赵衰做原大夫。

# 僖公二十六年

【原文】

（经） 二十有六年春①，王正月己未，公会莒子、卫宁速②，盟于向③。齐人侵我西鄙，公追齐师至酅④，弗及。夏，齐人伐我北鄙。卫人伐齐。公子遂如楚乞师⑤。秋，楚人灭夔⑥，以夔子归。冬，楚人伐宋，围缗。公以楚师伐齐，取穀⑦。公至自伐齐。

【注释】

①二十有六年：公元前 634 年。

②莒子：莒兹轵公。宁速：卫大夫宁庄子。

③向：莒地，在今山东莒县南。

④酅（xī）：齐地，在今山东东阿县南。

⑤公子遂：即东门襄仲、东门遂、仲遂，庄公子，鲁卿。遂为名，襄为谥，仲为字，东门为氏。

⑥夔：国名，地在今湖北秭归县。

⑦穀：今山东东阿县。

【译文】

二十六年春，周历正月己未，僖公与莒兹丕公、卫宁速相会，在向地结盟。齐国人侵袭我国西部边境。僖公追击齐军到酅地，没有赶上。夏，齐国人攻打我国北部边境。卫国人攻打齐国。公子遂去楚国求救兵。秋，楚国人灭亡夔国，带着夔子回国。冬，楚国人攻打宋国，包围缗地。僖公率领楚国军队攻打齐国，占领穀地。僖公从攻打齐国战役中回国。

## 【原文】

（传）　二十六年春，王正月，公会莒兹丕公、宁庄子盟于向，寻洮之盟也。齐师侵我西鄙，讨是二盟也[1]。

夏，齐孝公伐我北鄙。卫人伐齐，洮之盟故也。公使展喜犒师[2]，使受命于展禽[3]。齐侯未入竟[4]，展喜从之，曰："寡君闻君亲举玉趾，将辱于敝邑，使下臣犒执事。"齐侯曰："鲁人恐乎？"对曰："小人恐矣，君子则否。"齐侯曰："室如县罄，野无青草，何恃而不恐？"对曰："恃先王之命。昔周公、大公股肱周室，夹辅成王。成王劳之而赐之盟，曰：'世世子孙，无相害也。'载在盟府[5]，大师职之。桓公是以纠合诸侯而谋其不协。弥缝其阙而匡救其灾，昭旧职也。及君即位，诸侯之望曰：'其率桓之功。'我敝邑用不敢保聚，曰：'岂其嗣世九年而弃命废职[6]，其若先君何？君必不然。'恃此以不恐。"齐侯乃还。东门襄仲、臧文仲如楚乞师[7]，臧孙见子玉而道之伐齐、宋[8]，以其不臣也。夔子不祀祝融与鬻熊[9]，楚人让之，对曰："我先王熊挚有疾，鬼神弗赦而自窜于夔。吾是以失楚，又何祀焉？"

秋，楚成得臣、斗宜申帅师灭夔[10]，以夔子归。宋以其善于晋侯也，叛楚即晋。

冬，楚令尹子玉、司马子西帅师伐宋，围缗。公以楚师伐齐，取穀。凡师能左右之曰"以"。置桓公子雍于穀，易牙奉之以为鲁援[11]。楚申公叔侯戍之[12]。桓公之子七人，为七大夫于楚。

## 【注释】

①二盟：即洮、向盟会。

②展喜：鲁臣。犒师：犒劳军队。

③展禽：名获，因居柳下，故称柳下惠。山东省曲阜市北柳庄人。

④竟：同"境"。

⑤载：记载，指盟约。

⑥嗣世：继承君位。

⑦东门襄仲：即公子遂。臧文仲：即臧孙辰。

⑧子玉：楚令尹成得臣。

⑨祝融、鬻熊：均为楚国的先祖。

⑩斗宜申：即司马子西。

⑪易牙：齐臣。

⑫申公叔侯：楚臣，又名申叔。

## 【译文】

鲁僖公二十六年春天，周历正月，僖公会见莒兹丕公、宁庄子，在向地结盟。重温洮地盟约。齐国军队侵犯我国西部边境，这是对鲁国参加洮、向两次盟约的惩罚。

夏天，齐孝公攻打我国北部边境。卫国人攻打齐国，因鲁、卫两国曾在洮结盟的缘故。僖公派展喜前去犒劳齐国军队，并先让他向展禽请教如何措辞。齐侯还没入鲁国地，展喜就迎上去，说："我君主听说您亲自移步，将屈尊前来我国，派我来犒劳您。"齐侯说："鲁国人害怕吗？"回答说："小人害怕了，君子却不怕！"齐侯说："屋内仅剩下椽椽像悬挂的罄，野地里都不长青草，仗恃什么不惊恐？"回答说："仗恃着先王的命令。从前周公、太公捍卫周王室，在左右辅佐成王。成王慰劳他们，并且赐给他们盟约，说：'世世代代、子子孙孙不要相互侵害！'这盟约放在盟府里，由太史掌管它。齐桓公因此联合诸侯，解决了他们的不和谐，弥合了他们的裂痕，救援他们的灾难，这正是昭明太公的职责。到您即位的时候，诸侯期望您，说：'将会继承桓公的事业！'因此我国也就没调集军队，防守边境。我们认为：'难道他继承君位九年，就丢弃先王的命令、废除太公的职责吗？将怎样向他的先君交代？您一定不会这样做。'仗恃着这一点就不惊恐。"齐侯于是撤兵回国。东门襄仲、臧文仲到楚国请求援兵，臧孙进见子玉并引导他攻打齐、宋国，因齐、宋两国不肯臣服楚国。夔国不祭祀楚国先祖祝融、鬻熊，楚国人责备他。夔子回答说："我们的先王熊挚有病，鬼神不能赦免，才自己窜逃到夔地，因此失去了楚国的救助，又何必去祭祀他们呢？"

秋天，楚国的成得臣、斗宜申率兵灭亡了夔国，把夔子抓回楚国。宋国因同晋侯友善，就背叛了楚国而亲近晋国。

冬天，楚国的令尹子玉、司马子西领兵攻打宋国，包围了缗地。僖公率领楚军攻打齐国，夺取了穀地。凡是领兵打仗，能够任意指挥别国军队的就叫"以"。僖公把齐桓公的儿子雍安排在穀地，由易牙事奉他，把他作为鲁国的后援。楚国的申叔戍守穀地。齐桓公有七个儿子，都在楚国做了大夫。

# 僖公二十七年

**【原文】**

（经）　二十有七年春，杞子来朝。夏六月庚寅[1]，齐侯昭卒。秋八月乙未[2]，葬齐孝公。乙巳[3]，公子遂帅师入杞。冬，楚人、陈侯、蔡侯、郑伯、许男围宋。十有二月甲戌[4]，公会诸侯，盟于宋。

**【注释】**

①庚寅：六月十八日。
②乙未：八月二十四日。
③乙巳：九月六日。
④甲戌：十二月五日。

**【译文】**

鲁僖公二十七年春天，杞子来朝见。夏六月十八日，齐

秦君卫鞅变法图

侯昭逝世。秋八月二十四日，安葬齐孝公。九月六日，公子遂率领军队进入杞国。冬天，楚人、陈侯、蔡侯、郑伯、许男包围宋国。十二月五日，僖公会见诸侯，在宋国结盟。

## 【原文】

（传）　二十七年春，杞桓公来朝，用夷礼，故曰子。公卑杞，杞不共也[1]。

夏，齐孝公卒。有齐怨[2]，不废丧纪[3]，礼也。

秋，入杞，责无礼也。

楚子将围宋，使子文治兵于睽[4]，终朝而毕[5]，不戮一人。子玉复治兵于蒍[6]，终日而毕，鞭七人，贯三人耳[7]。国老皆贺子文[8]，子文饮之酒。蒍贾尚幼[9]，后至，不贺。子文问之。对曰："不知所贺。子之传政于子玉，曰：'以靖国也。'靖诸内而败诸外，所获几何？子玉之败，子之举也[10]。举以败国，将何贺焉？子玉刚而无礼，不可以治民。过三百乘[11]，其不能以入矣[12]。苟入而贺，何后之有？"

冬，楚子及诸侯围宋，宋公孙固如晋告急[13]。先轸曰[14]："报施救患[15]，取威定霸，于是乎在矣。"狐偃曰："楚始得曹而新昏于卫[16]，若伐曹、卫，楚必救之，则齐、宋免矣。"于是乎蒐于被庐[17]，作三军，谋元帅。赵衰曰："郤縠可[18]。臣亟闻其言矣[19]，说礼乐而敦诗书[20]。诗书，义之府也[21]。礼乐，德之则也。德义，利之本也。《夏书》曰：'赋纳以言，明试以功，车服以庸[22]。'君其试之。"乃使郤縠将中军，郤溱佐之[23]；使狐偃将上军，让于狐毛，而佐之；使赵衰为卿，让于栾枝、先轸。使栾枝将下军，先轸佐之。荀林父御戎，魏犨为右。

晋侯始入而教其民，二年，欲用之。子犯曰："民未知义，未安其居。"于是乎出定襄王，入务利民，民怀生矣[24]，将用之。子犯曰："民未知信，未宣其用[25]。"于是乎伐原以示之信。民易资者不求丰焉[26]，明征其辞[27]。公曰："可矣乎？"子犯曰："民未知礼，未生其共[28]。"于是乎大蒐以示之礼，作执秩以正其官[29]，民听不惑而后用之[30]。出穀戍[31]，释宋围，一战而霸[32]，文之教也。

**【注释】**

①共：同"恭"。

②有齐怨：与齐有怨。

③丧纪：丧事的总称。

④子文：前令尹。暌：楚邑，地址不详。

⑤终朝：一个早上，即从旦至食时。

⑥苈：楚邑，地址不详。

⑦贯：用箭穿耳。

⑧国老：国家的卿大夫等官员。

⑨苈贾：字伯嬴，孙叔敖之父。

⑩举：荐举。

⑪过：超过。

⑫入：率全军回国。

⑬公孙固：宋庄公之孙。

⑭先轸：即原轸，晋臣。

⑮报施：报答施舍，指宋襄公曾赠送晋文公马匹。

⑯始：刚刚。

⑰蒐（sōu）：检阅军队。被庐：晋地名，具体不祥。

⑱郤縠（hú）：晋臣。

⑲亟：多次。

⑳说：同"悦"。敦：治。

㉑府：府库。

㉒赋，通"敷"，普遍。明试以功：根据功绩考察其能力。
车服以庸：用车马、衣服的等次酬报其功绩的大小。

㉓郤溱：晋大夫。

㉔怀生：安于生计。

㉕宣：明白。

㉖易资：买卖。不求丰：不谋求暴利。

㉗明征其辞：意为明码实价。

㉘未生其共：尚未产生恭敬之心。共：同"恭"。

㉙执秩：掌管爵禄等级的官员。一说为治理官府的
法令。

㉚民听不惑：百姓明白道理，不致迷惑。

㉛出穀戍：赶走穀地的戍卒。

㉜一战：指下年的城濮之战，晋胜楚，解除楚对齐、宋
的威胁。


## 【译文】

二十七年春季，杞桓公来鲁国朝见，行的是夷人之礼，
所以《春秋》称他为"子"。僖公瞧不起杞桓公，因为他不

够恭敬。

　　夏季，齐孝公去世。鲁国对齐国怨恨，但并没有废弃对齐国的丧礼，这是合乎礼的。

　　秋季，鲁国攻入杞国，责难杞桓公朝见鲁国时的无礼行为。

　　楚成王准备围攻宋国，派子文在睽地操练兵马，子文一个早上就操练完毕了，而且没有惩罚一个人。子玉在苏地操练，练了一天才结束，鞭打了七人，用箭穿耳三人。楚国老臣都去祝贺子文推荐的子玉有能力，子文请大家饮酒。此时苏贾年纪还小，最后才到，也不向子文祝贺。子文问他原因，他回答说："我不知道要祝贺什么？您把大权传给子玉，说是为了安定国家。这样国内虽然能得到安定，对外作战却要失败，岂不是得不偿失？子玉作战失败，也是由于您的举荐。举荐一个使国家失败的人，还值得祝贺吗？子玉刚愎而无礼，不能让他治理百姓。如果他率领超过三百乘的军队，恐怕就很难安全回国了。如果能安全回国，再来祝贺也不算晚吧？"

　　冬季，楚成王和诸侯发兵，包围宋国，宋国的公孙固到晋国告急。先轸说："报答宋公赠马之恩，解救宋国被围之患，在诸侯中树立威望，成就晋国的霸业，就在此一举了。"狐偃说："楚国刚刚得到曹国不久，又与卫国新近缔结了婚姻。如果攻打曹、卫，楚国必然前去援救，这样宋国、齐国也都能解围了。"于是晋国在被庐检阅了军队，把部队编成三个军，并商量谁做元帅。赵衰说："郤縠可以。我从他多次谈话中，知道他爱好礼乐，注重《诗》《书》。《诗经》和《尚书》

是道义之所在，礼乐是德行的准则。德行道义，是利益的根本。《夏书》说：'使用一个人就要听取他的意见，并交给他一项任务尝试一下。如果他有了功绩，就赐以车马服饰作为酬劳。'国君不妨试一试。"晋文公就委派郤縠率领中军，郤溱为副帅；委派狐偃率领上军，狐偃让给他弟狐毛，自己为副帅；委派赵衰为卿，赵衰让给了栾枝和先轸，栾枝率领下军，先轸为副帅。荀林父驾车，魏犨为车右。

当初晋文公刚一回国，就开始训练百姓，两年后，就想使用他们。子犯说："百姓还不明白道理，不能够安居乐业。"于是文公就出兵帮助周襄王安定王位，回国后又致力于为百姓谋求福利，百姓就逐渐安于生计了，文公打算使用他们。子犯说："百姓还不知道什么是信用，不了解信用的作用。"于是文公通过攻打原国向百姓表示什么是讲究信用。从此，百姓之间交易商品不求多得，明码标价，公平合理。文公说："现在行了吧？"子犯说："百姓还不知道礼，还没有产生恭敬之心。"于是文公又通过阅兵使百姓知道什么是礼仪，并设置执秩一官负责掌握爵禄等级，使官员各归其位，这样，百姓才听从命令，不再迷惑，然后再使用他们。结果赶走了驻扎在穀地的楚军，解了宋国之围，一次战争就称霸于诸侯，这都是文公注重教化的结果。

# 僖公二十八年

**【原文】**

（经）　二十有八年春，晋侯侵曹。晋侯伐卫。公子买戍卫，不卒戍，刺之①。楚人救卫。三月丙午，晋侯入曹，执曹伯。畀宋人②。夏四月己巳，晋侯、齐师、宋师、秦师及楚人战于城濮，楚师败绩③。楚杀其大夫得臣。卫侯出奔楚。五月癸丑，公会晋侯、齐侯、宋公、蔡侯、郑伯、卫子、莒子盟于践土④。陈侯如会⑤。公朝于王所⑥。六月，卫侯郑自楚复归于卫，卫元咺出奔晋⑦。陈侯款卒。秋，杞伯姬来⑧。公子遂如齐。冬，公会晋侯、齐侯、宋公、蔡侯、郑伯、陈子、莒子、邾子、秦人于温⑨。天王狩于河阳⑩。壬申，公朝于王所。晋人执卫侯，归之于京师⑪。卫元咺自晋复归于卫。诸侯遂围许⑫。曹伯襄复归于曹，遂会诸侯围许。

**【注释】**

①公子买：鲁大夫，字子丛。奉命为楚在卫国驻守。不卒戍：没有完成驻守之责。刺：杀也，君杀大夫称刺。

②畀，与也。畀宋人：晋将曹、卫之田分与宋人。

③城濮：卫地，在今山东省鄄县。

④卫子：此时卫成公逃到楚，其弟叔武摄位受盟，未受王命，未成君之礼，故称子。践土：郑地，在今河南省原阳

县西南，武陟县东南。

⑤陈侯如会：陈、蔡本楚之盟国，城濮之战中为楚之右师，溃败后，蔡投向晋国一边，参加盟会。陈后至，未赶上参与盟会，只是接受盟约，称如会。

⑥公朝于王所：践土之盟，周天子也去了，并命王子虎主盟，会间鲁公前往王之住地朝见。

⑦复归：复位也。君主外逃，后又返国为君，称复归。元咺：卫大夫。奉叔武摄位会盟，由于卫侯多疑，误杀叔武，而逃往晋国，为叔武诉冤。

⑧杞伯姬：鲁庄公女，三十八年前嫁与杞国，为杞成公，杞桓公之母。来：归宁也。出嫁之女回娘家探亲称来。

⑨陈子：陈共公也。因先君陈穆公死未逾年，故即位之新君称子，此为通例。

⑩狩：冬日田猎为狩。河阳：即晋之温地，在今河南省孟县西三十五里。

⑪卫侯被执，是因元咺逃晋，揭露其误杀叔武之罪。卫侯命人与元咺辩理，结果败诉，被押送京师，由天子发落。

⑫城濮战后，从楚诸国纷纷倒向晋国，参加晋之盟会，许则不参加盟会，亦不朝见周天子，故而被讨伐。

## 【译文】

二十八年春，晋侯入侵曹国，复又征伐卫国。鲁大夫公子买驻守卫国，不能完成驻守之责，鲁公将其杀死。楚人援救卫国。三月八日，晋侯进入曹之都城，捉到曹之君主。晋将曹、卫之田分与宋国。夏四月二日，晋侯、齐师、宋师、秦师和楚军会战于城濮，结果楚军大败。楚国杀死其大夫成得臣。卫侯逃住楚国。五月十六日，鲁公会见晋侯、齐侯、宋公、蔡侯、郑伯、卫子、莒子，并在践土结盟。陈侯后到会，亦接受盟约。鲁公去周天王住所朝见。六月，卫侯郑自楚返国恢复君位。卫大夫元咺逃往晋国。陈侯款死。秋，杞伯姬来鲁探亲。公子遂去齐国。冬，鲁公于温地会见晋侯、齐侯、宋公、蔡侯、郑伯、陈子、莒子、邾子、秦人。天王在河阳冬猎。十月七日，鲁公去周王住所朝见。晋人捉住卫侯。送到京师交给天子发落。卫大夫元咺由晋回卫。诸侯于是包围许国。

## 【原文】

（传）　二十八年春，晋侯将伐曹，假道于卫，卫人弗许。还，自南河济①。侵曹伐卫。正月戊申②，取五鹿③。二月，晋郤縠卒。原轸将中军，胥臣佐下军④，上德也⑤。晋侯、齐侯盟于敛盂⑥。卫侯请盟，晋人弗许。卫侯欲与楚，国人不欲，故出其君以说于晋⑦。卫侯出居于襄牛⑧。

公子买戍卫⑨，楚人救卫，不克。公惧于晋，杀子丛以说焉。谓楚人曰："不卒戍也⑩。"

晋侯围曹，门焉⑪，多死，曹人尸诸城上⑫，晋侯患之，听舆人之谋称："舍于墓⑬。"师迁焉，曹人凶惧⑭，为其所得者棺而出之。因其凶也而攻之。三月丙午⑮，入曹，数之⑯，以其不用僖负羁而乘轩者三百人也⑰，且曰："献状⑱。"令无入僖负羁之宫而免其族⑲，报施也。魏犫、颠颉

华元登床劫子反

怒曰：“劳之不图[20]，报于何有！”魏犫负羁氏[21]。魏犫伤于胸。公欲杀之而爱其材，使问[22]，且视之[23]。病[24]，将杀之。魏犫束胸见使者曰：“以君之灵[25]。不有宁也[26]。”距跃三百[27]，曲踊三百[28]。乃舍之[29]。杀颠颉以徇于师[30]。立舟之侨以为戎右[31]。

宋人使门尹般如晋师告急[32]，公曰：“宋人告急，舍之则绝，告楚不许。我欲战矣，齐、秦未可，若之何？”先轸曰：“使宋舍我而赂齐、秦，藉之告楚[33]。我执曹君而分曹、卫之田以赐宋人。楚爱曹、卫，必不许也。喜赂怒顽[34]，能无战乎？”公说，执曹伯，分曹、卫之田以畀宋人[35]

楚子入居于申，使申叔去穀，使子玉去宋，曰：“无从晋师[36]。晋侯在外十九年矣，而果得晋国。险阻艰难，备尝之矣；民之情伪[37]，尽知之矣。天假之年[38]，而除其害[39]。天之所置，其可废乎？《军志》曰[40]：‘允当则归[41]。’又曰：‘知难而退[42]。’又曰：‘有德不可敌。’此三志者[43]，晋之谓矣。”

子玉使伯棼请战[44]，曰：“非敢必有功也，愿以间执谗慝之口[45]。”王怒[46]，少与之师，唯西广、东宫与若敖之卒实从之[47]。

子玉使宛春告于晋师曰[48]：“请复卫侯而封曹，臣亦释宋之围。”子犯曰：“子玉无礼哉！君取一，臣取二[49]，不可失矣[50]。”先轸曰：“子与之。定人之谓礼[51]，楚一言而定三国，我一言而亡之。我则无礼，何以战乎？不许楚言，是弃宋也，救而弃之，谓诸侯何？楚有三施，我有三怨，怨仇已多[52]，将何以战？不如私许复曹、卫以携之[53]，执宛春以怒楚，既战而后图之。”公说，乃拘宛春于卫，且私许复曹、卫。

曹、卫告绝于楚。

子玉怒，从晋师。晋师退。军吏曰："以君辟臣[54]，辱也。且楚师老矣[55]，何故退？"子犯曰："师直为壮[56]，曲为老[57]。岂在久乎[58]？微楚之惠不及此[59]，退三舍辟之，所以报也。背惠食言，以亢其仇[60]，我曲楚直，其众素饱[61]，不可谓老。我退而楚还，我将何求？若其不还，君退臣犯，曲在彼矣。"退三舍，楚众欲止，子玉不可。

## 【注释】

①南河：即南津，又称棘津、济津、石济津，在今河南淇县之南，延津县之北。

②戊申：初九日。

③五鹿：卫地名。

④胥臣：即司空季子。

⑤上德：即尚德，崇尚德行。

⑥敛盂：卫地名，在今河南濮阳县东南。

⑦出：赶走。说：同"悦"。

⑧襄牛：卫地名，在今河南范县境。

⑨公子买：鲁国宗室，字子丛。

⑩卒戍：驻守不满期。

⑪门：用作动词，即攻城门。

⑫尸：用作动词，即陈尸。

⑬舍于墓：在曹人墓地宿营。

⑭凶惧：恐惧。

⑮丙午：初八日。

⑯数：责备，即罗列罪状。

⑰僖负羁：详见"晋文公霸业"篇。乘轩者：指坐车子的官员。

⑱献状：观状。即先责其用人之过，然后诛观状之罪。观状指观晋文公骈胁的罪状。

⑲免其族：免其族人之罪。

⑳劳之不图：指对有功劳的人尚不考虑行赏，魏犨、颠颉均有从亡之劳。

㉑爇（ruò）：烧。

㉒问：馈送东西。

㉓视之：探视病情。

㉔病：指伤势重。

㉕灵：威灵。

㉖不有宁：不敢自图安定。

㉗距跃三百：向上跳跃多次。三百，虚数，并非实指。

㉘曲踊：向前跳跃，似今之跳远。一说曲踊为回旋起伏，即作战时的动作。

㉙舍：舍而不杀。

㉚徇：示众。

㉛舟之侨：本虢臣，于闵公二年奔晋。

㉜门尹般：宁国大夫。

㉝藉之告楚：指通过齐、秦出面干预以停止楚国攻宋。

㉞怒顽：即恼怒楚国的顽固。

㉟畀（bì）：给予。

㊱从：追逐。

㊲情伪：真伪。情，实。

㊳年：年寿。

㊴除其害，剪除他的政敌，指晋惠公、怀公、吕甥、郤芮等。

㊵《军志》：古代兵书，已失传。

㊶允当则归：指敌我相当，有适当收获就应收兵，即适可而止。

㊷知难而退：指敌强我弱，不能取胜就应退兵。

㊸三志：三条记载。志，记。

㊹伯棼（fén）：即斗椒，字子越，斗伯比之孙。

㊺间执：塞住，堵住。谗慝之口：指说别人坏话的人。

㊻王：指楚成王。

㊼西广：指楚国右军的兵车。东宫：楚太子所属部队。若敖：子玉的祖父。六卒：一百八十辆。兵车三十辆为一卒。

㊽宛春：楚大夫。

㊾君取一，臣取二：晋文公为国君，只取一个释宋之围的好处，子玉为楚臣，却取得复卫和封曹两个好处。

㊿不可失：指不可失去这个兴师问罪的机会。

51定人：使人安定。

52已：甚。

53携之：指拉拢曹、卫，一说指离间曹、卫与楚的关系。

54辟：通"避"。

55老：疲惫。

⑯师直：指师出有名，即理直。

⑰曲：理曲。

⑱久：长久在外。

⑲微：无。

⑳亢：通“抗”。一作庇护解。

㉑饱，指士气抱满。

**【译文】**

鲁僖公二十八年春季，晋文公准备攻打曹国，便向卫国借道，卫国人不同意。于是晋军就绕道从卫国南面渡河，袭击曹国，并攻打卫国。正月九日，夺取了五鹿。二月，郤縠去世。原轸即先轸率领中军，胥臣出任下军副帅。因为先轸有德，所以才提升他接任郤縠，晋文公和齐昭公在敛盂结盟。卫成公请求也参加结盟，晋国不同意。卫成公想亲近楚国，但国内的人们不愿意，于是他们就赶走了成公，以取悦晋国。卫成公离开了国都后住在襄牛。

此时，鲁国的大夫公子买戍守卫国。楚国人求援卫国，未能得胜。鲁僖公因此而害怕晋国讨伐自己，于是就杀了公子买以讨好晋国。又对楚国人谎称：“因为他没有等驻守期满就想回去，所以才杀了他。”

晋文公包围了曹国，攻打城门时，晋军死伤很多，曹国人把晋国人的尸体陈列在城上，文公非常担忧，于是便听从了役卒的建议，扬言：“要把军队驻扎在曹国人的墓地上，以掘墓曝尸。”并让军队迁至墓地，曹国人这才害怕了，急忙把他们得到的晋军尸首装入棺材运了出来。晋国人趁曹国人害怕之机攻打城门。三月八日，攻克曹都。文公责难曹共公任用三百多大夫，却不用僖负羁。并且说过去你偷看我有肋骨，现在我让你看个够。还下令不准进入僖负羁的住宅，赦免他的族人，以报其馈赠食物和玉璧之恩。魏犫、颠颉对此很恼火，说："对我们这些有功劳的人都不考虑，还谈什么报答僖负羁？"于是就放火烧了僖负羁的住宅。此时魏犫胸部受伤，文公想杀了他，但又爱惜他的才干，便派人前去慰问，同时观察病情，如果他受伤过重，就打算杀了他。魏犫包住胸部，出来会见使者，说："托国君的福，你看我这不是很安宁吗？"说完就向前跳了几次，又回身跳了几次，表明他受伤不重。于是晋文公就放弃了杀他的念头，但还是杀了颠颉以通报全军。让舟之侨代替魏犫做了车右。

宋国人派大夫门尹般到晋国军队告急。文公说："宋国向我们求救，如果不理它们，就会断绝两国关系。请示楚国退兵，楚国又不肯。我们想作战，齐国和秦国又不同意，怎么办？"先轸说："让宋国不要向我们晋国求救，而去给齐、秦两国送礼，向他们求救，让他们去请求楚国退兵。我们抓住了曹国国君，把曹国、卫国的土地分给宋国，楚国不愿失去曹、卫两国，肯定不会同意齐国、秦国的请求。这样，齐、秦两国得到了宋国的贿赂，高兴之余，自然对楚国的顽固不化恼怒，还能不参战吗？"文公非常高兴，于是就抓住了曹共公，把曹、卫的田地给了宋国。

楚成王退至申地住下，又让申叔离开谷地，让子玉离开宋国。并下令说："不要追赶晋军！晋文公在外十九年，最后还是得到了晋国。一切艰难险阻，他都体验过了。百姓的真伪虚实，也都了如指掌。而且上天赐予他高寿，又帮他除掉了祸害。既然上天这样安排，难道我们还能废掉他吗？《军志》说：'适可而止。'又说：'知难而退。'又说：'有德人不可与之为敌。'这三句话说的就是晋国啊。"

子玉让伯棼请求作战，说："虽然不敢说一定能立功，但希望以我的行动堵住谗佞小人的嘴。"成王很生气，给了他少量军队，只派西广、东宫和若敖的一百八十辆战车跟他去。

子玉派宛春告诉晋军说："请恢复卫侯的君位，并把土地还给曹国。这样我们也解除对宋国的包围。"子犯说："子玉真是无礼。让我们国君只得到一桩好处，而他作为臣子却要得到两桩好处。我们不要失去进攻楚国的机会。"先轸说："应该答应他的请求！安定别人的国家叫做有礼。楚国一句话能安定三国，而我们一句话却使三国灭亡，这样我们的行为就无礼了，又靠什么来作战呢？不同意楚国的请求，实际上就等于抛弃宋国。本来打算救援宋国，结果却见死不救，对各国诸侯怎么交代呢？楚国对三国有恩，我们则对三国有怨，怨仇多了，靠什么作战？不如暗中恢复卫国君位，还给曹国土地，从而离间他们和楚国的关系，同时抓住宛春以激怒楚国，等打起仗来再考虑其他有关问题。"文公非常高兴，于是就把宛春抓了起来囚禁在卫国，同时私下同意恢复了曹国土地和卫国君位。于是曹、卫两国便和楚国断绝了关系。

子玉非常愤怒，率军追赶晋军，晋军后退。晋军军官说："作为国君却躲避臣子，真是耻辱。而且楚军已经疲惫不堪，我们为何后退？”子犯说：“领兵作战，关键在于理之曲直，理直一方就是气壮，理曲一方就是疲弱，不在于时间长短。现在我军后退三舍，就是要报答他们。如果忘记了对方的恩德违背了当初的诺言，并且还去保护他们的仇敌宋国，这样我们就理曲而楚国理直了。楚军一向士气饱满，不能说它疲弱。如果我们退兵，楚军也回去，我们也就别无所求了。如果他们不回去，那么君王撤退，臣下进犯，理曲一方就是他们了。”于是晋军后退九十里。楚军士兵想要停下不追，但子玉不允许。

## 【原文】

夏四月戊辰[1]，晋侯、宋公、齐国归父、崔夭、秦小子憖次于城濮[2]。楚师背酅而舍[3]，晋侯患之[4]。听舆人之诵曰[5]："原田每每，舍其旧而新是谋[6]。"公疑焉[7]。子犯曰："战也[8]。战而捷，必得诸侯[9]。若其不捷，表里山河[10]，必无害也[11]。"公曰："若楚惠何[12]？"栾贞子曰[13]："汉阳诸姬，楚实尽之[14]。思小惠而忘大耻，不如战也[15]。"晋侯梦与楚子搏[16]，楚子伏己而盬其脑[17]，是以惧[18]。子犯曰："吉[19]。我得天，楚伏其罪[20]，吾且柔之矣[21]。"

子玉使斗勃请战[22]，曰："请与君之士戏[23]，君冯轼而观之[24]，得臣与寓目焉[25]。"晋侯使栾枝对曰："寡君闻命矣[26]。楚君之惠，未之敢忘[27]，是以在此[28]。为大夫退，其敢当君乎[29]？既不获命矣，敢烦大夫谓二三子[30]，戒尔车乘，敬尔君事[31]，诘朝将见[32]。"

晋车七百乘[33]，韅靷鞅靽[34]。晋侯登有莘之虚以观师[35]，曰："少长有礼，其可用也㊱。"遂伐其木，以益其兵㊲。己巳，晋师陈于莘北㊳，胥臣以下军之佐当陈、蔡㊴。子玉以若敖之六卒将中军，曰："今日必无晋矣㊵。"子西将左，子上将右㊶。胥臣蒙马以虎皮㊷，先犯陈、蔡㊸。陈、蔡奔，楚右师溃㊹。狐毛设二旆而退之㊺。栾枝使舆曳柴而伪遁㊻，楚师驰之㊼。原轸、郤溱以中军公族横击之㊽。狐毛、狐偃以上军夹攻子西，楚左师溃㊾。楚师败绩㊿。子玉收其卒而止，故不败○51。

## 【注释】

①四月戊辰：四月初三。

②宋公：即宋成公，名王臣，襄公之子，宋国第十二君，在位十七年。国归父：亦称国庄子，齐国大夫。崔夭：齐国大夫。秦小子憖（yìn 印）：秦穆公之子。宋公、国归父、崔夭、秦小子憖，都是作为晋国的盟军将领的资格参加这次战役的。城濮：卫国地名（在今河南陈留县；一说在今山东濮县南）。

③背酅（xī 西）：背靠着名叫酅的丘陵地带。酅，城濮附近的地名，是一个险要的丘陵地带。

④患之：忧虑它。

⑤舆人：众人。诵：歌唱；也有解作"歌辞"。两解都通。

⑥原田：原野。每每：茂盛，指青草长得茂盛。舍其旧：即去旧，指除掉旧根子。旧，指旧草的根子。新是谋：即谋新，这里指播种新种子。

⑦疑：疑惑不定。

⑧战也：打吧。

⑨得诸侯：得到诸侯的拥戴，即在诸侯中称霸。

⑩表里山河：晋国外有黄河内有太行山，即背山面河。此言晋国地势优越，足以固守。

⑪害：损害。

⑫若楚惠何：即"楚惠若何"，楚国对我们的恩惠怎么办。此指晋文公流亡过楚时，受过楚君的恩施。

⑬栾贞子：即栾枝。

⑭汉阳：汉水北面。阳：水之北岸。诸姬：许多姬姓国家，即晋国同姓国家。

⑮小惠：指楚国过去对晋文公的好处。大耻：指楚国尽灭汉水以北的诸姬姓国家。

⑯搏：即徒手对打。

⑰伏己：伏在晋文公身上。盬（gǔ 古）其脑：吮吸他的脑汁。

⑱惧：指惧怕梦兆不祥。

⑲吉：指梦兆吉祥。

⑳得天：面朝着天，即得到天助；因晋文公被楚王压在底下，仰向着天，故言得到天的照顾。伏其罪：面朝着地像认罪；楚王在晋文公身上伏着，故言他是在服罪。

㉑柔之：软化他，即使楚王驯服。

㉒斗勃：楚国大夫。

㉓与君之士戏：同您的战士较量。

㉔轼：战车前扶手的横木。

㉕寓目，观看，看看。

㉖闻命矣：听见你的话了，即你的话已经领教了。

㉗未之敢忘：即"未敢忘之"，不敢忘掉楚君的恩惠。

㉘是以在此：所以撤退到这里。

㉙为大夫退：指为子玉退避三舍。

㉚不获命：没得到楚国退兵命令。

㉛戒尔：准备好你们的。

㉜诘朝：明天早上。

㉝七百乘：七百辆兵车，共有战士五万二千五百人。

㉞鞁（xiǎn 显）、靷（yǐn 引）、鞅（yāng 央）、靽（bàn 半）：指战马身上披挂的各种皮件。在马背的叫鞁，在马胸的叫靷，在马腹的叫鞅，在马后的叫靽。这里形容晋军装备整齐。

㉟有莘（shēn 申）：古代国名（在今河南陈留县东北）。虚：同"墟"，旧城的废址。

㊱少长有礼：指晋军年轻的在前，年长的在后，都懂得礼义。一说"少长"，指下级和上级，亦通。

㊲伐其木：砍伐有莘地方的树木。

㊳己巳：四月初四。

㊴胥臣以下军之佐：胥臣以下军副帅的身份率领军队。当陈、蔡：抵挡陈、蔡两国军队。

㊵无晋：指消灭晋军。

㊶子西：斗宜申的字，楚国司马，城濮战役是楚国左军统帅。将左：统率左军。楚国也分三军：左军、中军、右军，中军是第一统帅，也是最高统帅；左军为第二统帅；右军统

帅居第三。子上：斗勃的字。

㊷蒙马：蒙上了战马。以虎皮：用虎皮。

㊸犯陈、蔡：冲击陈、蔡两国军认。

㊹楚右师溃：楚国的右军溃败。

㊺设二旆（pèi 沛）：立起两面大旗。

㊻舆曳柴：战车后面拖着树枝。

㊼驰之：追赶晋军。

㊽公族：晋文公统率的亲兵，即精锐部队。横击之：拦腰攻打楚军。

㊾以上军：即率领上军。楚左师溃：晋人集中上军、中军的兵力，采用伪遁、截击、夹攻的运动战打法，将楚国左军打败。

㊿败绩：大败。

51收其卒而止：收住他的军队不动。


## 【译文】

夏季四月初三，晋文公、宋成公、齐国大夫国归父、崔天、秦国公子小子慭，分别统率军队进驻在城濮。楚军背靠着险要的名叫鄏的丘陵地带扎下阵营，晋文公看到敌人占据得利的地势有些忧虑。他又听到众人唱着这样的歌："原野上青草长得多茂盛，除掉旧根子，速播新种子。"晋文公心里疑惑不定。狐偃说："打吧。战胜了，我们一定可以在诸侯当中称霸。就是打不胜，我们晋国外有黄河、内有太行山之险，也一定不会受什么损害呀。"晋文公说："楚国从前对我们的恩惠怎么办呢？"晋将栾枝说："汉水以北那些姬姓的诸侯国家，全被楚国吞并了。思念过去的小恩惠就会忘记这个奇耻大辱，我看不如同楚国决战。”夜里，晋文公梦见同楚成王搏斗，楚王将他打倒，爬在他的身上吮吸他的脑汁，因此晋文公有些害怕。子犯说：“这个梦兆很吉利。您面向天就是晋国得到天助，楚君面向地就是向您服罪，他吮吸您的脑汁就是您可以使他驯服了。”

子玉派斗勃向晋文公挑战，说：“我请求同您的战士较量一番，您可以靠在车前的横木上看看热闹，子玉我也要奉陪您看看。”晋文公派栾枝答复说：“你的话我们国君已经领教了。楚君对我们的恩惠，从来都不敢忘记，所以我们才退避到这里。对子玉大夫我们还要退让，又怎么敢抵挡楚君呢？现在既然不能获得楚国退兵的命令，那么就烦劳你费心，请转告贵国的将领，准备好你们的战车，重视你们国君交付的任务，明天早晨咱们在战场上相见。”

晋军的战车一共七百辆，装备齐全。晋文公登上莘国的旧城检阅了全军，说道：“年少的和年长的都很有礼貌，可以用他们作战了。”于是又在有莘地方砍伐了树木，作为补充攻战的器具。四月初四，晋军在有莘北面列好了阵势，下军副将胥臣率领部下，抵挡楚方的陈、蔡两国军队。楚国主将子玉以若敖氏六百兵卒为主力，亲自统率中军，夸口说：“今天一定会将晋军全部消灭。”楚将子西统率左军，斗勃统率右军。城濮大会战开始了，晋将胥臣把战马都蒙上虎皮，先冲击陈、蔡联军。陈、蔡联军弃阵奔逃，楚国的右军溃败了。晋国上军主将狐毛立起两面大旗，伪装主将引导军队撤退。晋国下军主将栾枝让战车后面拖着树枝，扬起灰尘，假装败

逢丑父易服免君

逃，楚军受骗急速追赶着晋军。这时，晋国中军主将先轸、副将郤溱指挥着中军的精锐，向着楚军拦腰冲杀过来。狐毛、狐偃指挥上军回转过来夹击子西，楚国的左军也溃败了。城濮大会战，结果楚军大败。只有子玉及早收兵不动，所以中军没有败溃。

## 【原文】

晋师三日馆谷，及癸酉而还①。甲午②，至于衡雍，作王宫于践土。乡役之三月，郑伯如楚致其师，为楚师既败而惧，使子人九行成于晋，晋栾枝入盟郑伯。五月丙午③，晋侯及郑伯盟于衡雍。丁未④，献楚俘于王，驷介百乘，徒兵千。郑伯傅王，用平礼也⑤。己酉⑥，王享醴，命晋侯宥。王命尹氏及王子虎、内史叔兴父策命晋侯为侯伯⑦，赐之大辂之服，戎辂之服⑧，彤弓一⑨，彤矢百，玈弓矢千⑩，秬鬯一卣⑪，虎贲三百人⑫。曰："王谓叔父，敬服王命，以绥四国，纠逷王慝。"晋侯三辞，从命。曰："重耳敢再拜稽首，奉扬天子之丕显休命。"受策以出，出入三觐。卫侯闻楚师败，惧，出奔楚，遂适陈，使元咺奉叔武以受盟⑬。癸亥⑭，王子虎盟诸侯于王庭，要言曰："皆奖王室，无相害也。有渝此盟，明神殛之⑮，俾队其师，无克祚国，及而玄孙，无有老幼。"君子谓是盟也信，谓晋于是役也能以德攻。初，楚子玉自为琼弁玉缨⑯，未之服也。先战，梦河神谓己曰："畀余，余赐女孟诸之麋。"弗致也，大心与子西使荣黄谏⑰。弗听。荣季曰："死而利国，犹或为之，况琼玉乎？是粪土也，而可以济师，将何爱焉？”弗听。出，告二子曰：“非神败令尹，令尹其不勤民，实自败也。”既败，王使谓之曰：“大夫若入，其若申、息之老何？”子西、孙伯曰：“得臣将死，二臣止之曰：‘君其将以为戮。’”及连谷而死⑱。晋侯闻之而后喜可知也，曰：“莫余毒也己！芬吕臣实为令尹，奉己而已，不在民矣。”

或诉元咺于卫侯曰：“立叔武矣。”其子角从公，公使杀之。咺不废命，奉夷叔以入守⑲。六月，晋人复卫侯。宁武子与卫人盟于宛濮⑳，曰：“天祸卫国，君臣不协，以及此忧也。今天诱其衷，使皆降心以相从也。不有居者，谁守社稷？不有行者，谁扦牧圉？不协之故，用昭乞盟于尔大神以诱天衷。自今日以往，既盟之后，行者无保其力，居者无惧其罪。有渝此盟，以相及也。明神先君，是纠是殛。”国人闻此盟也，而后不贰。卫侯先期入，宁子先长牂守门以为使也，与之乘而入。公子歂犬，华仲前驱。叔武将沐，闻君至，喜，捉发走出，前驱射而杀之。公知其无罪也，枕之股而哭之。歂犬走出，公使杀之，元咺出奔晋。城濮之战，晋中军风于泽，亡大旆之左旃㉑。祁瞒奸命㉒，司马杀之，以徇于诸侯。使茅茷代之，师还。壬午㉓，济河。舟之侨先归，士会摄右。

秋七月丙申㉔，振旅，恺以入于晋。献俘授馘㉕，饮至大赏，征会讨贰㉖。杀舟之侨以徇于国，民于是大服。君子谓“文公其能刑矣，三罪而民服。《诗》云：惠此中国，以绥四方，不失赏刑之谓也。”

冬，会于温，讨不服也。卫侯与元咺讼，宁武子为辅，针庄子为坐。士荣为大士。卫侯不胜。杀士荣，刖针庄子，谓宁俞忠而免之。执卫侯，归之于京师，置诸深室，宁子职纳橐饘焉㉗。元咺归于卫，立公子瑕。是会也，晋侯召王，以诸侯见，且使王狩，仲尼曰㉘："以臣召君，不可以训。"故书曰："天王狩于河阳。"言非其地也，且明德也。壬申，公朝于王所。丁丑㉙，诸侯围许。晋侯有疾，曹伯之竖侯獳货筮史。使曰："以曹为解。齐桓公为会而封异姓，今君为会而灭同姓。曹叔振铎㉚，文之昭也。先君唐叔，武之穆也。且合诸侯而灭兄弟，非礼也。与卫偕命，而不与偕复，非信也。同罪异罚，非刑也。礼以行义，信以守礼，刑以正邪，舍此三者，君将若之何？"公说，复曹伯，遂会诸侯于许。晋侯作三行以御狄，荀林父将中行，屠击将右行，先蔑将左行。

## 【注释】

①癸酉：四月六日。

②甲午：四月二十七日。

③丙午：五月九日。

④丁未：五月十日。

⑤平礼：周平王接待晋文公的礼仪。

⑥己酉：五月二十日。

⑦叔兴父：人名，掌管策命的官员。侯伯：诸侯之长，即霸主。

⑧戎辂：兵车。

⑨彤弓：涂朱漆之弓。

⑩旅（lú）：黑色。

⑪秬（jù）鬯（chàng）：用黑黍和香草酿成的香酒。
卣（yǒu）：酒器。

⑫虎贲：勇士。

⑬元咺（xuān）：卫国大臣。叔武：卫成侯之弟。

⑭癸亥：五月二十六日。

⑮殛：诛。

⑯琼弁：装饰玉石的马冠。玉缨：装饰玉石的马鞅。

⑰荣黄：即荣季，楚国大臣。

⑱连谷：地名。

⑲夷叔：即叔武。入守：回国摄政。

⑳宛濮：卫国地名，在今河南省长垣县西南。

㉑大旆：旗名。左旃（zhān）：前军左边赤色大旗。

㉒祁瞒：晋国大臣。

㉓壬午：六月十六日。

㉔丙申：七月二日。

㉕授馘：呈报杀敌的人数。馘：割取死敌的左耳。

㉖征会讨贰：征召诸侯会盟，讨伐三心二意的国家。

㉗纳橐馔：送衣食。橐（tuó），古代盛东西的器具。馔
（zhān）：指衣食。

㉘仲尼：孔子。

㉙丁丑：十一月十二日。

㉚叔振铎：曹国始封国君，周文王之子。


## 【译文】

晋军在楚营里吃住三天，四月六日回国。二十七日到

达衡雍，在践土为周襄王建造行宫。城濮之役的前三月，郑伯曾去楚国把军队交给楚国使用，因现在楚军战败而惧怕，派子人九到晋国求和。晋国的栾枝到郑国与郑伯研究结盟。五月九日，晋侯同郑伯在衡雍结盟。十日，把楚国的俘虏献给周襄王。有驷马披甲的战车一百辆，步兵一千人。郑伯担任周襄王的赞礼，用周平王接待晋文侯的仪式接待晋文公。十二日，周襄王用甜酒招待晋文公。襄王命令文公为襄王劝酒。襄王命令尹氏、王子虎和内史叔兴父发策书任命晋文公为诸侯的领袖。赐给他乘坐大辂时穿的服装，乘坐兵车时穿的服装，红色的弓一把、红色的箭一百支、黑色的弓一千把、黑色的箭一千支、黑黍酿造的香酒一卣、勇士三百人。说："襄王命令你：恭敬服周王的命令，安抚四方诸侯，为周王检举、清除邪恶。"晋侯辞三次，才接收命令，说："重耳叩头再拜，接受和发扬天子伟大、光明、美善的圣命。"接受了策命后便离开周王室。前后三次朝见天子。卫侯听说楚军失败，很害怕，逃亡到楚国，又到陈国，派元咺辅佐叔武来接受晋国和诸侯的盟约。五月二十六日，王子虎在王庭会盟诸侯，很严肃言说："都要扶助王室，不要互相侵害！有违背这个盟约的，神灵将会惩罚他：让他的军队覆灭，国运不会久长，祸及他的玄孙，无论老幼都会受到惩罚。"君子说这次盟约是有信用的，说晋国在这次战役中是凭借德行而取胜的。当初，楚国的子玉自己制作了马冠、马鞍，还没有使用。战前，他梦见河神对自己说："你送给我马冠、马鞍，我把宋国的地盘赐给你。"子玉舍不得。子玉的儿子大心、子西让荣黄进谏，他也不听。荣季说："如果一个人死去却有利国家，尚且应该去死，何况是琼玉呢？这是粪土一类的东西啊！如果可以用它帮助军队，又有什么爱惜的呢？"不听。荣季出来，告诉大心和子西说："不是河神要令尹失败，令尹不肯为百姓辛劳，实在是自取灭亡。"已经失败了，楚王派人对他说："你如果回国，对申、息地的父老怎样交代？"子西和孙伯说："得臣准备自杀，我们两人制止他说：'君王将会杀掉你的。'"到了连谷就自杀了。晋侯听到这个消息后高兴地说："今后没有谁能和我们做对了，苒吕臣做令尹，只保全自己而已，心思不在百姓身上。"有人在卫侯面前诬告元咺说："要立叔武做国君了。"元咺的儿子元角跟随卫侯逃亡，卫侯派人杀了他。但元咺仍不废弃卫临走时的成命，事奉叔武回国摄政。六月，晋国人允许卫侯回国。宁武子与卫国人在宛濮结盟，说："上天降祸卫国，君臣不和谐，因此遭到这样忧患。现上天又保佑我国，使我们放弃成见而互相团结，没有留守的人，谁来保护社稷？没有随国君出行的人，谁来保卫国君携带的财物呢？因为君臣不和，才乞求在神灵面前盟誓，求上天的保佑。从今天订立盟约开始，以后随君王出外的人不要居功自傲，留守国内的人也不要担心有罪。如有违背这个盟约的，祸难将会降临到他的头上。神灵先君将会检举、惩罚。"卫国的人听到这个盟约，从此才没有了二心。卫侯提前回国，宁武子又在卫侯之前，使长牂把守城门，以为宁武子是国君的使者，和他同乘一车进城。公子歂犬，华仲走在卫侯前面。叔武正准备洗头，听说国君到了，非常高兴，握着头发跑出来，先行人员把他射死了。卫侯知道他没罪，把头枕在他大腿上哭泣。歂犬逃跑，卫侯派人杀了他。元咺逃亡到晋国。在城濮战役中，晋军的中军在沼泽地遇上了大风，失去了前军的左旗，祁瞒违反了军令，司马杀了他。拿他的尸体在诸侯中示众，让茅筏接替他的职务。六月十六日，渡过黄河。舟之侨先回国了，由士会代行车右的职务。

秋七月丙申日，班师，在凯歌声中回到晋国。在宗庙里汇报俘虏和杀敌的人数，设宴犒赏，大奖有功将士。还召集诸侯会盟，准备讨伐对晋国有二心的国家。杀舟之侨在国都示众，百姓从此大为顺服。君子评论说："晋文公能严明刑法，杀了颠颉、祁瞒、舟之侨三个罪人，从而使百姓顺服了。《诗经》上说：'施惠于中原各国，安抚了四方诸侯。'说的就是不要失去公正的赏赐和刑罚。"

冬天，诸侯在温地会见，为了讨伐不肯顺服的国家。卫侯同元咺争讼，宁武子辅佐卫侯，铖庄子为卫侯的代理人，士荣为卫侯的辩护人。结果卫侯败诉，晋侯杀了士荣，砍掉了铖庄子的脚，认为宁武子忠诚赦免了他。扣留卫侯，把他带到京师，安置在幽深的房子里。宁武子负责给卫侯送食衣。元咺回到卫国，立公子瑕为国君。在这次盟会上，晋侯召请周王，带领诸侯进见周王，并且让周王打猎。仲尼说："以臣的身份召请君主，不能把它作为规范。"所以《春秋》上记道："天王狩于河阳。"是说这不是周天子狩猎的地方，而且是为了晋侯的功德。十月七日，鲁僖公到周天子住所朝见。十一月十二日，诸侯包围了许国。晋侯有病，曹伯的小臣侯獳贿赂了晋国卜筮官，要他说晋侯生病的原因是由于灭亡了曹国。于是筮史对晋侯说："齐桓公主持会盟为异姓封国，现您主持会盟却灭亡同姓国，曹国先祖叔振铎是周文王的儿子，晋国先祖唐叔是周武王的儿子。而且会合诸侯却灭掉兄弟之国，这是不合乎礼法的。曹国和卫国一起得到您的允许复国命令，却不能和卫国同时恢复国家，这是不讲信用的。罪过相同而惩罚不同，这是不合乎刑法的。礼是用来推行道义的，信是用来保护道义的，刑罚是用来纠邪恶的。抛弃这三项，您准备怎么办呢？"晋侯很高兴，恢复了曹伯的君位。接着在许国会盟诸侯，晋侯设置左、中、右三行来抵御戎狄，荀林父率领中行，屠击率领右行，先蔑率领左行。

# 僖公二十九年

**【原文】**

（经）二十有九年春，介葛卢来①。公至自围许。夏六月，会王人、晋人、宋人、齐人、陈人、蔡人、秦人盟于翟泉②。秋，大雨雹。冬，介葛卢来。

**【注释】**

①介：国名。葛卢：介国国君之名。
②翟泉：王畿之地。

**【译文】**

二十九年春，介葛卢前来朝见。僖公包围许国回来。夏六月，会见周王室的人、晋国人、宋国人、齐国人、陈国人、蔡国人、秦国人在翟泉结盟。秋，下很大的冰雹。冬，介葛卢前来朝见。

## 【原文】

（传）　二十九年春，介葛卢来朝，舍于昌衍之上[1]。公在会，馈之刍米[2]，礼也。

夏，公会王子虎、晋狐偃、宋公孙固、齐国归父、陈辕涛涂，秦小子憖[3]，盟于翟泉，寻践土之盟[4]，且谋伐郑也。卿不书，罪之也。在礼，卿不会公、侯，会伯、子、男可也。

秋，大雨雹，为灾也。

冬，介葛卢来，以未见公故，复来朝。礼之，加燕好[5]。介葛卢闻牛鸣，曰："是生三牺[6]，皆用之矣，其音云。"问之而信。

## 【注释】

①昌衍：昌平山，在今山东省曲阜市东南五十里屈山之西。

②刍：牲口吃的草。

③憖：音 yìn。

④寻：同燖、重温。

⑤燕：燕礼。好：好货。

⑥三牲：本指用来祭祀的牛、羊、猪，此处专指牛。

## 【译文】

二十九年春季，介葛卢前来朝见，让他住在昌衍山上。当时僖公正在参加许国翟泉的会见，赠送给他草料、粮食等物，这是合于礼的。

夏季，僖公和王子虎、晋国狐偃、宋国公孙固、齐国国归父、陈国辕涛涂、秦国小子憖在翟泉结盟，重温践士的盟约，同时策划攻打郑国。参加结盟的卿没有记载，这是表示谴责他们。按照礼制。诸侯的卿不能参加公、侯的会见，参加伯、子、男的会见可以。

秋季，有大雨和雹子，成了灾，《春秋》才加以记载。

冬季，介葛卢前来，由于前次没有见到僖公，再次来朝。对他加以礼遇，再加上燕礼和赠送上等财礼。介葛卢听到牛叫，说："这头牛生了三头小牛，都用来祭祀了，所以它的声音是这样的。"加以询问，真这样。

# 僖公三十年

## 【原文】

（经）　三十年春，王正月。夏，狄侵齐。秋，卫杀其大夫元咺及公子瑕。卫侯郑归于卫。晋人、秦人围郑。介人侵萧。冬，天王使宰周公来聘[①]。公子遂如京师，遂如晋。

**【注释】**

①宰周公，周王室冢宰周公阅。

**【译文】**

三十年春，周历正月。夏，狄人侵袭齐国。秋，卫国杀了它的大夫元咺和公子瑕。卫侯郑回到卫国。晋国人、秦国人包围郑国。介国人侵犯萧国。冬，周天子派冢宰周公前来访问。公子遂到京师去，接着到晋国去。

**【原文】**

（传）　三十年春，晋人侵郑，以观其可攻与否。狄间晋之有郑虞也①，夏，狄侵齐。

晋侯使医衍鸩卫侯②。宁俞货医③，使薄其鸩，不死。公为之请，纳玉于王与晋侯，皆十瑴④，王许之。秋，乃释卫侯。

卫侯使赂周歂、冶廑，曰："苟能纳我，吾使尔为卿。"周、冶杀元咺及子适、子仪⑤。公入，祀先君，周、冶既服，将命，周歂先入，及门，遇疾而死。冶廑辞卿。

九月甲午，晋侯、秦伯围郑，以其无礼于晋，且贰于楚也⑥。晋军函陵⑦，秦军汜南。佚之狐言于郑伯曰⑧："国危矣，若使烛之武见秦君，师必退。"公从之。辞曰："臣之壮也，犹不如人，今老矣，无能为也已。"公曰："吾不能早用子，今急而求子，是寡人之过也。然郑亡，子亦有不利焉。"许之。夜缒而出[9]，见秦伯，曰："秦、晋围郑，郑既知亡矣。若亡郑而有益于君，敢以烦执事[10]。越国以鄙远[11]，君知其难也，焉用亡郑以倍邻[12]？邻之厚，君之薄也。若舍郑以为东道主[13]，行李之往来[14]，共其乏困[15]，君亦无所害。且君尝为晋君赐矣[16]，许君焦、瑕，朝济而夕设版焉[17]，君之所知也。夫晋，何厌之有？既东封郑[18]，又欲肆其西封[19]，若不阙秦[20]，将焉取之？阙秦以利晋，唯君图之。"秦伯说[21]，与郑人盟，使杞子、逢孙、扬孙戍之。乃还。

子犯请击之。公曰："不可。微夫人之力不及此。[22]因人之力而敝之[23]，不仁；失其所与[24]，不知[25]；以乱易整[26]，不武。吾其还也。"亦去之。

初，郑公子兰出奔晋[27]，从于晋侯。伐郑，请无与围郑。许之，使待命于东。郑石甲父、侯宣多逆以为大子，以求成于晋，晋人许之。

冬，王使周公阅来聘，飨有昌歜、白黑、形盐[28]。辞曰："国君文足昭也，武可畏也；则有备物之飨，以象其德。荐五味，羞嘉谷[29]，盐虎形，以献其功[30]。吾何以堪之？"

东门襄仲将聘于周，遂初聘于晋。

## 【注释】

①间：音 jiàn，嫌隙，用作动词，利用嫌隙。虞：考虑，图谋。

②衍：医生的名。鸩：音 zhèn，鸟名，其血甚毒。

③货：贿赂。

④瑴：音 jué，双玉曰瑴。歂：音 chuǎn。廑：音 jìn。

二人都是卫大夫。

⑤子适：公子瑕。子仪：公子瑕的同母弟弟。

⑥贰：两属。

⑦函陵：歜郑地。

⑧佚：音 yì。佚之狐，郑大夫。

⑨缒：音 zhuì，系在绳子上放下去。

⑩执事：敬称。

⑪鄙：边疆。

⑫陪：增加。

⑬东道主：东路上的主人，郑在秦东，可以招待秦国过往使者。

⑭行李：外交使者。

⑮共：通供。乏困：指食宿方方面的不足。

⑯指纳晋惠公夷吾事。

⑰版：指防御工事。

⑱封：疆界。

⑲肆：放肆。

⑳阙：损害。

㉑说：通悦。

㉒微：如果没有。

㉓敝：坏，败。

㉔与：亲近。

㉕知：同智。

㉖乱：分裂。整：团结。

㉗见宣公三年传。

㉘蔌：音 cǎn。昌蔌，即昌蒲菹，亦指用其根做成的盐菜。
白：稻米糕。黑：黍米糕。形盐：其形似虎的盐块。

㉙荐、羞：都是进献的意思。

㉚献：与象同义。

## 【译文】

三十年春季，晋国人侵袭郑国，以此来试探郑国是否可以攻打，狄人钻了晋国侵犯郑国这个空子，夏季，狄人进攻齐国。

晋文公派了医生衍毒死卫成公。宁俞贿赂医生，让他减轻毒药的成分，所以卫成公没有死。僖公为卫成公请求，把玉献给周天子和晋文公，都是十对。周天子允许了。秋季，释放了卫成公。

卫成公派人贿赂周歂、冶廑说：“如果能接纳我当国君，我让你们当卿。”周、冶两人杀了元咺和子适、子仪。卫成公回国，在太庙祭祀先君，周、冶两人已经穿好卿的礼服，准备接受任命，周歂先进太庙，到门口，发病而死。冶廑害怕了，便辞去卿位。

九月初十，晋文公、秦穆公包围郑国，因为郑国对晋国无礼，而且心向着楚国。晋军驻扎在函陵，秦军驻扎在氾南。佚之狐对郑文公说：“国家危急了。如果派遣烛之武去晋见秦君，军队一定退走。”郑文公采纳了这个建议，烛之武推辞说：“下臣年壮的时候，尚且不如别人；现在老了，无能为力了。”郑文公说：“我没有能及早任用您，现在形势危急而来求您，这是我的过错。然而郑国被灭亡，对您也不好啊。"烛之武答应了，夜里用绳子把自己从城上吊到城外，进见秦穆公，说："秦、晋两国包围郑国，郑国已经知道自己要灭亡了。如果灭亡郑国而对君主有好处，那是值得劳动君王左右随从的。越过别国而以远方的土地作为边邑，君王知道是不容易的，哪里用得着灭亡郑国来为邻国增加土地？邻国实力加强，就是君王的削弱。如果赦免郑国，让他做东路上的主人，使者的往来，供应他所缺少的一切，对君王也没有害处。而且君王曾经把好处赐给晋国国君了，他答应给君王焦、瑕两地，早晨渡过河回国，晚上就设版筑城，这是君王所知道的。晋国哪有满足？已经在东近向郑国开拓土地，又要肆意扩大它西边的土地。如果不损害秦国，还能到哪里去取得土地呢？损害秦国来有利于晋国的事，请君王考虑。"秦穆公很高兴，和郑国人结盟，派遣杞子、逢孙、扬孙在郑国戍守，就撤退了。

子犯请求攻击秦军。晋文公说："不行。如果没有他们的力量，我们不会有今天这个地位。靠了别人的力量，反而损害他，这是不仁；失掉了同盟国家，这是不智；用动乱代替整齐，这是不武。我还是回去吧。"晋文公也就撤军回国。

当初，郑国的公子兰逃亡到晋国，跟随晋文公攻打郑国。请求不要参加对郑国的包围。晋文公答应了，让他在东部边境等候命令。郑国的石甲父、侯宣多把他接回来做太子，向晋国讲和，晋国允许了。

冬季，周天子派遣周公阅来鲁国访问，宴请他的食物有菖蒲菹、白米糕、黑黍和虎形块盐。周公阅推辞说："国家的君主，文治足以显扬四方，武功可以使人畏惧，就备有特殊物品宴请，以象征他的德行；进五味的调和，献美好的粮食，有虎形的盐，以象征他的功业。我怎么当得起这个？”

东门襄仲将到成周聘问，就乘机到晋国作初次访问。

# 文 公

## 文公元年

**【原文】**

（经）　元年春，王正月，公即位。二月癸亥，日有食之。天王使叔服来会葬。夏四月丁巳，葬我君僖公。天王使毛伯来锡公命[1]。晋侯伐卫。叔孙得臣如京师。卫人伐晋。秋，公孙敖会晋侯于戚[2]。冬十月丁未，楚世子商臣弑其君頵[3]。公孙敖如齐。

**【注释】**

[1]锡：音 xī，与，赐给。

[2]戚：卫邑。

[3]頵：音 yūn，又音 jūn，人名。

## 【译文】

文公元年春周历正月，鲁文公即位。二月初一，发生了日食。周天子派叔服前来参加葬礼。四月二十六日，安葬僖公。周天子派毛伯来赐给文公以策命的荣宠。晋侯讨伐卫国。叔孙得臣到京城去。卫国人攻打晋国。秋天，鲁公孙敖在卫国戚地会见了晋襄公。冬十月十八日，楚太子商臣杀了楚国君頵。公孙敖出使齐国。

## 【原文】

（传） 元年春，王使内史叔服来会葬。公孙敖闻其能相人也，见其二子焉①。叔服曰："穀也食子，难也收子②。穀也丰下③，必有后于鲁国。"

于是闰三月，非礼也。先王之正时也，履端于始，举正于中，归余于终。履端于始，序则不愆④。举正于中，民则不惑。归余于终，事则不悖⑤。

夏四月丁巳，葬僖公。

王使毛伯卫来锡公命，叔孙得臣如周拜。

晋文公之季年⑥，诸侯朝晋，卫成公不朝，使孔达侵郑，伐緜、訾及匡⑦。晋襄公既祥⑧，使告于诸侯而伐卫，及南阳⑨。先且居曰："效尤，祸也⑩。请君朝王，臣从师。"晋侯朝王于温，先且居、胥臣伐卫。五月辛酉朔，晋师围戚。六月戊戌，取之，获孙昭子。卫人使告于陈。陈共公曰："更伐之，我辞之。⑪"卫孔达帅师伐晋，君子以为古。古者越国而谋。

秋，晋侯疆戚田⑫，故公孙敖会之。

初，楚子将以商臣为大子，访诸令尹子上。子上曰："君之齿未也，而又多爱，黜乃乱也⑬。楚国之举，恒在少者⑭。且是人也⑮，蜂目而豺声，忍人也⑯，不可立也。"弗听。既⑰，又欲立王子职，而黜大子商臣。商臣闻之而未察⑱，告其师潘崇曰："若之何而察之？"潘崇曰："享江芈而勿敬也⑲。"从之。江芈怒曰："呼！役夫！宜君王之欲杀女而立职也。"告潘崇曰："信矣。"潘崇曰："能事诸乎⑳？"曰："不能。""能行乎？"曰："不能。""能行大事乎㉑？"曰："能。"

冬十月，以宫甲围成王㉒。王请食熊蹯而死。弗听。丁未，王缢。谥之曰灵，不瞑；曰成，乃瞑。

穆王立，以其为大子之室与潘崇㉓，使为大师，且掌环列之尹㉔。

穆伯如齐，始聘焉，礼也。凡君即位，卿出并聘，践修旧好，要结外援，好事邻国，以卫社稷，忠信卑让之道也。忠，德之正也；信，德之固也；卑让，德之基也。

殽之役，晋人既归秦帅，秦大夫及左右皆言于秦伯曰："是败也，孟明之罪也，必杀之。"秦伯曰："是孤之罪也，周芮良夫之诗曰㉕：'大风有隧㉖，贪人败类㉗。听言则对，诵言如醉。匪用其良，覆俾我悖㉘，是贪故也，孤之谓矣。孤实贪以祸夫子，夫子何罪？"复使为政。

【注释】

①见：音 xiàn，引见。

②穀：文伯；难：惠叔。食：音 sì，通"饲"，给人东西吃，此指奉祭祀供养。收：指收葬。

③丰下：指脸的下部长得丰满。

④愆：音 qiān，过错。

⑤悖：音 bèi，谬误，违背。

⑥季年：末年，晚年。

⑦縣：地名，今不详确址，当与匡相近。訾：疑即訾娄，本为卫邑，后属郑。匡，地名，本为卫邑，被郑国夺去。

⑧祥：丧祭名，父母死后十三个月而祭称小祥，二十五个月而后祭称大祥。

⑨南阳：今河南新乡地区所辖境内。

⑩效：效法。尤：过错。意指晋如不朝周王就是效法了卫不朝晋的错误。

⑪辞：此处为动词，指传达言辞，从中说和。

⑫疆：作动词划定疆界。

⑬齿：指年龄。爱，指内宠。黜，废除。

⑭举：立。

⑮是：此。

⑯忍人：残忍之人。

⑰既：不久之后。

⑱察：详审；细看。

⑲江芈：（mǐ），成王的妹妹，商臣的姑母。

⑳诸：作之字用。

㉑大事：指弑君夺权。

㉒宫甲：宫中警卫部队。

㉓室：此指一切财产，包括田地奴隶。

㉔环列之尹：宫中警卫军长官。

㉕芮良夫：周历王时卿士。

㉖隧：旋转。

㉗类：善。

㉘覆：反。

## 【译文】

元年春季，周天子派遣内史叔服来鲁国参加僖公的葬礼。公孙敖听说他能给人相面，就领自己两个儿子穀和难来见他。叔服说："穀可以祭祀供养您，难可以安葬您。穀的下颌丰满，后代在鲁国必然昌大！"

今年闰三月，这是不合礼制的。先王端正时令，年历的推算以冬至作为开始，测定春分、秋分、夏至、冬至的月份作为四季的中月，把剩余的日子归总在一年的末尾。年历的推算以冬至作为开始，四季的次序就不会错乱；以正朔的月份作为标准，百姓就不会迷惑，把剩余的月份归总在一年的终了置闰月，事情就没有谬误。

夏四月二十六日，安葬僖公。

周天子派遣毛伯卫来鲁国赐给鲁文公以策命的荣宠。叔孙得臣到成周答谢。

晋文公的晚年，诸侯朝见晋国，卫成公不去朝见，反而派遣孔达侵袭郑国，攻打緜、訾和匡地。晋襄公在举行小祥祭祀以后，派人通告诸侯而讨伐卫国，到达南阳。先且居说：

尧时的名士许由像

“效法错误，这是祸害。请您朝觐周天子，下臣跟随军队。”晋襄公在温地朝觐了周天子。先且居、胥臣进攻卫国。五月初一日，晋军包围戚地。六月初八日，占取戚地，俘虏了孙昭子。

卫国派人报告陈国。陈共公说：“转过去进攻他们。我去对他们说。”卫国的孔达就率兵进攻晋国。君子认为，这样做属于粗心忽略。粗心忽略，指的是让别国给自己出主意。

秋季，晋襄公划定戚地田土的疆界，所以公孙敖参加了。

当初，楚成王打算立商臣为太子，征求令尹子上的意见。子上说：“君王的年纪还不算大，而且内宠又多，如果立了商臣再加以废黜，就会有祸乱。楚国立太子，常常选择年轻的。而且商臣这个人，眼睛像胡蜂，声音像豺狼，是一个残忍的人，不能立为太子。”楚成王没有听从。立了商臣以后，又想立王子职而废掉太子商臣。商臣听到消息但还没有弄清楚，告诉他老师潘崇说：“怎么样能弄清楚？”潘崇说：“你设宴招待江芈而故意表示不尊敬。”商臣听从了。江芈发怒说：“啊！贱东西！难怪君王要杀掉你而立职做太子。”商臣告诉潘崇说：“事情确实了。”潘崇说：“你能事奉公子职吗？”商臣说：“不能。”潘崇说：“能逃亡出国吗？”商臣说：“不能。”潘崇说：“能够办大事吗？”商臣说：“能。”

冬十月，商臣率领宫中的警卫军包围楚成王，逼成王自杀。成王请求吃了熊掌以后去死，商臣不答应。十八日，楚成王上吊而死给他上谥号称为"灵"，尸体不闭眼睛；谥为"成"，才闭上眼睛。

楚穆王即位，把他做太子时的房屋财物给了潘崇，让潘崇做太师，而且作为掌管宫中警卫军的长官。

穆伯到齐国去，开始访问，这是合于礼的。凡是国君即位，卿出国普遍访问，继续重温过去的友好，团结外援，善待邻国，来保卫国家，这是合于忠、信、卑让之道的。忠，意味德行的纯正；信，意味德行的巩固；卑让，意味德行有基础。

殽地这次战役，晋国放回了秦国的主将，秦国的大夫和左右侍臣都对秦穆公说："这次战败，是孟明的罪过，一定要杀死他。"秦穆公说："这是我的罪过。周朝芮良夫的诗说：'大风迅猛把一切摧毁，贪婪的人把善良屏退。听到不相干的就喜欢插嘴，听到《诗》《书》就打瞌睡，不能任用有才能的人，反而使我和道义相背。'这是由于贪婪的缘故，说的就是我啊。我由于贪婪而使孟明受祸，孟明有什么罪？"重新让孟明执政。

# 文公二年

【原文】

（经）　二年春，王二月甲子，晋侯及秦师战于彭衙，秦师败绩①。丁丑，作僖公主②。三月乙巳，及晋处父盟③。

夏六月，公孙敖会宋公、陈侯、郑伯、晋士縠盟于垂陇④。自十有二月不雨，至于秋七月。八月丁卯，大事于大庙，跻僖公⑤。冬，晋人、宋人、陈人、郑人伐秦。公子遂如齐纳币⑥。

【注释】

①彭衙：秦邑，在今陕西省白水县东北四十里之彭衙堡。

②作僖公主：主指死者的神主牌位。

③处父：晋大夫阳处父。晋国因鲁不去朝见而往讨，鲁公因而朝晋，晋人只派大夫与鲁公盟会，以示羞辱。

④垂陇：郑地，在今河南省荥阳市东北。

⑤大事：吉禘也。所谓吉禘，即新死之君三年丧期已满，将神主牌位送入祖庙，与祖宗之神主一起举行大祭。因丧期已满，凶事已毕而举行大祭，故称吉禘。跻，升也。跻僖公：将僖公牌位升到闵公之上。僖公为闵公庶兄，但在君位传承上，则是继承闵公的，相当于父子之地位。文公觉得这未免委屈了自己的父亲，故授意提升僖公的牌位。

⑥纳币：古代婚礼中"六礼"之一，也称纳徵，即男女两家缔结婚姻关系后，男家派人把聘礼送到女家，称纳币。诸侯之间，则派卿前往女家纳币。

【译文】

二年春，周历二月七日，晋侯与秦师在彭衙开战，秦师被打败。二十日，制作鲁僖公的神主牌位。三月十九日，鲁公与晋大夫阳处父在晋都城结盟。夏六月，鲁公孙敖与宋公、陈侯、郑伯、晋之士縠会见，并在垂陇结盟。从上年十二月到今年七月未降雨。八月十三日，在太庙举行大祭，提升僖公神主到闵公之上。冬，晋人、宋人、陈人、郑人联合伐秦。公子遂代表鲁公去齐国致送聘齐女之礼物。

## 【原文】

（传）　二年春，秦孟明视帅师伐晋，以报殽之役。二月，晋侯御之。先且居将中军，赵衰佐之。王官无地御戎①，狐鞫居为右②。甲子③，及秦师战于彭衙④。秦师败绩。晋人谓秦"拜赐之师"。

战于殽也，晋梁弘御戎，莱驹为右。战之明日，晋襄公缚秦囚，使莱驹以戈斩之。囚呼，莱驹失戈，狼瞫取戈以斩囚⑤，禽之以从公乘⑥，遂以为右。箕之役，先轸黜之而立续简伯⑦。狼瞫怒。其友曰："盍死之？"瞫曰："吾未获死所。"其友曰："吾与女为难⑧。"瞫曰："《周志》有之⑨，勇则害上⑩，不登于明堂⑪。死而不义，非勇也。共用之谓勇⑫。吾以勇求右，无勇而黜，亦其所也。谓上不我知⑬，黜而宜，乃知我矣。子姑待之。"及彭衙，既陈，以其属驰秦师，死焉。晋师从之，大败秦师。

君子谓："狼瞫于是乎君子。诗曰：'君子如怒，乱庶遄沮⑭。'又曰：'王赫斯怒，爰整其旅⑮。'怒不作乱而以从师，可谓君子矣。"

秦伯犹用孟明。孟明增修国政，重施于民。赵成子言于诸大夫曰<sup>⑯</sup>："秦师又至，将必辟之<sup>⑰</sup>，惧而增德，不可当也。诗曰：'毋念尔祖，聿修厥德<sup>⑱</sup>。'孟明念之矣。念德不怠，其可敌乎？"

丁丑<sup>⑲</sup>，作僖公主，书，不时也。

晋人以公不朝来讨。公如晋。夏四月己巳<sup>⑳</sup>，晋人使阳处父盟公以耻之。书曰："及晋处父盟。"以厌之也。适晋不书，讳之也。

公未至，六月，穆伯会诸侯及晋司空士縠盟于垂陇<sup>㉑</sup>，晋讨卫故也。书士縠，堪其事也<sup>㉒</sup>。

陈侯为卫请成于晋，执孔达以说<sup>㉓</sup>。

秋八月丁卯<sup>㉔</sup>，大事于大庙<sup>㉕</sup>，跻僖公<sup>㉖</sup>，逆祀也<sup>㉗</sup>。于是夏父弗忌为宗伯<sup>㉘</sup>，尊僖公，且明见曰<sup>㉙</sup>："吾见新鬼大<sup>㉚</sup>，故鬼小<sup>㉛</sup>。先大后小，顺也。跻圣贤，明也。明、顺，礼也。"

君子以为失礼："礼无不顺。祀，国之大事也，而逆之，可谓礼乎？子虽齐圣<sup>㉜</sup>，不先父食久矣<sup>㉝</sup>。故禹不先鲧<sup>㉞</sup>，汤不先契<sup>㉟</sup>，文、武不先不窋<sup>㊱</sup>。宋祖帝乙，郑祖厉王，犹上祖也<sup>㊲</sup>。是以《鲁颂》曰<sup>㊳</sup>：'春秋匪解，享祀不忒，皇皇后帝，皇祖后稷。'君子曰礼，谓其后稷亲而先帝也。《诗》曰：'问我诸姑，遂及伯姊<sup>㊴</sup>。'君子曰礼，谓其姊亲而先姑也。"

仲尼曰："臧文仲，其不仁者三，不知者三<sup>㊵</sup>。下展禽<sup>㊶</sup>，废六关<sup>㊷</sup>，妾织蒲<sup>㊸</sup>，三不仁也。作虚器<sup>㊹</sup>，纵逆祀<sup>㊺</sup>，祀爰居<sup>㊻</sup>，三不知也。"

冬，晋先且居、宋公子成、陈辕选、郑公子归生伐秦，取汪，及彭衙而还，以报彭衙之役。卿不书，为穆公故，尊秦也，谓之崇德。

襄仲如齐纳币，礼也。凡君即位，好舅甥[47]，修昏姻，娶元妃以奉粢盛[48]，孝也。孝，礼之始也。

## 【注释】

①王官无地：人名，晋臣。

②狐鞫（jū）居：晋臣，又称续鞫居。

③甲子：二月七日。

④彭衙：秦地名，在今陕西省白水县东北。

⑤狼瞫（shěn）：人名，晋臣。

⑥禽之：擒莱驹。

⑦续简伯：即续鞫居。

⑧为难：发难，即共杀先轸。

⑨《周志》：即《周书》。

⑩则：如果。

⑪明堂：祖庙。

⑫共用：为国效命。

⑬上：指先轸。

⑭乱庶遄（chuán）沮（jǔ）：动乱差不多能迅速制止。遄，疾，速；沮，阻止。

⑮赫斯，赫然发怒的样子。爰，于是。

⑯赵成子：赵衰。

⑰辟：通"避"。

⑱毋同"无"。毋念，怀念。聿：语助词，无义。厥：代词，他的，那个。

⑲丁丑：二月二十日。

⑳己巳：十三日。

㉑士縠（hú）：士芳之子。垂陇：郑地，在今河南省荥阳市东北。

㉒堪其事：能胜任其事。

㉓说：解说。

㉔丁卯：十三日。

㉕大事：指祭祀。

㉖跻僖公：升僖公的神位。跻（jī）：升，登。僖公与闵公为兄弟，僖公继闵公为君，依当时礼制，闵公当在僖公之上。此升僖公之位于闵公之上，故称跻。

㉗逆祀：不按先后次序祭祀。

㉘于是：当时。夏父弗忌：人名，鲁臣。宗伯：古代掌礼之官。

㉙明见：明言其所见。

㉚新鬼：指僖公。

㉛故鬼：指闵公，其死已久。

㉜齐圣：聪明圣哲。

㉝不先父食：此句为譬喻，即后之国君享受祭品不能在先立国君之上。

㉞鲧：禹的父亲。

㉟契：汤的十三世祖。

㊱不窋（zhú）：周文王的先祖。

㊲上祖：尊尚父祖。

㊳匪解：不懈怠。忒（tè）：差误。皇皇后帝：指天。后稷：

相传尧舜时的农官，周之先祖。

㊴姑，父之姊妹。伯姊：长姊。

㊵不知：不智。

㊶下展禽：使展禽屈居下位，展禽，即柳下惠。

㊷废六关：即置六关以纳税。

㊸妾织蒲：小老婆织蒲席贩卖。言其与民争利。

㊹作虚器：指臧文仲畜养大蔡之龟的事。

㊺纵逆祀：指纵容夏名。

㊻祀爰居：祭祀海鸟爰居。

㊼好舅甥：鲁与齐世通婚姻，为舅甥之国，遣使申好，故称好舅甥。

㊽娶元妃：鲁文公为初娶，故称娶元妃。奉粢盛：举行祭祀。粢盛，祭品。

## 【译文】

二年春季，秦国的孟明视率军攻打晋国，以报殽地一战之仇。二月，晋襄公领兵抵抗。先且居率领中军，赵衰为副帅。王官无地驾驭战车，狐鞫居为车右。二月七日，在彭衙和秦军交战。秦军大败。晋国人把秦军称为"前来拜谢恩德的部队。"

在殽地之战中，晋国的梁弘驾车，莱驹为车右。战斗持续到第二天，襄公让人把秦国的几个俘虏捆起来，让莱驹用戈砍他们的脑袋。俘虏大声喊叫起来，莱驹一失手，戈掉在地上，狼瞫迅速拿起戈砍了俘虏的脑袋，并把莱驹抓起追上了襄公的战车，襄公让他作了车右。箕地一战中，先轸废黜了狼瞫，让续简伯代替他。狼瞫非常恼怒。他的朋友说："你何不去死？"狼瞫说："我还没有找到死的地方。"朋友说："我帮你杀掉先轸怎么样？"狼瞫说："《周志》上说：勇猛但如果杀了位居在上的人，死后也不能进入庙堂。如果不义而死，不能算是勇敢。为国而死才叫做勇敢。我因为勇敢而做了车右，如今因为不勇敢而被废黜，也是应该的。如果说是先轸不了解我，废黜得当，这就是了解我。您等着瞧吧。"等到彭衙一战，狼瞫在摆开阵势以后，率领他的部下冲入秦军，结果死在那里。晋军紧随而上，大败秦军。

君子对此评论说："狼瞫在这件事上可以说是个君子。《诗经》说：'君子如果发怒，动乱差不多可以迅速终止。'又说：'文王勃然大怒，于是就整顿军队。'愤怒但不去作乱，却上前线打仗，可以说是君子了。"

秦穆公还是任用了孟明。孟明更加努力于修明政事，给百姓以更大的好处。赵衰对大夫们说："秦军再来攻打，一定要躲开，因为害怕对方而进一步修明德行，这样的人是不能抵抗的。《诗经》说：'怀念你的祖先，修明你的德行。'孟明知道这两句话。致力于修德并能坚持不懈，难道能抵抗吗？"

二十日，鲁国设置了僖公的神位，《春秋》记载此事，是因为没有及时设置。

晋国人因为文公不去朝见而发兵攻打鲁国。文公便去了晋国。夏季四月十三日，晋国派阳处父和文公结盟，以此来羞辱他。《春秋》记载为"及晋处父盟"，表示对晋国的不满。对文公前往晋国一事不加记载，是为了避讳。

文公还没有回到鲁国，六月，穆伯和诸侯以及晋国司空士縠在垂陇结盟，这是因为晋国要攻打卫国。《春秋》直书"士縠"的名字，是认为他能胜任此事。

陈共公替卫国向晋国请求和好，并抓了孔达以向晋国解释。

秋季八月十三日，鲁国在太庙祭祀，把僖公的神位升到闵公之上，这是一次违背正常顺序的祭祀。当时夏父弗忌担任宗伯一职，他尊崇僖公，并且说明了他所见到的情况："我看到新死的僖公的鬼魂大，早死的闵公的鬼魂小。先大后小，是合乎顺序的。使圣贤升位，是明智的。明智并且合乎顺序，是合乎礼的。"

君子认为这样做是失礼的："礼没有不合顺序的。祭祀是国家的大事，不按照正常的顺序，能说是合乎礼吗？即使儿子再聪明圣哲，也不能在父亲之前享受祭品，这是老规矩。因此禹不能在鲧前面，汤不能在契前面，文王、武王不能在不窋前面。宋国以帝乙为祖宗，郑国以厉王为祖宗，都是对祖宗的崇尚。所以《鲁颂》说：'四时不怠惰，祭祀无差错，祭我伟大的上帝，祭我伟大的祖先后稷。'君子认为这是合乎礼的，就是说虽然和后稷亲近，却要先称上帝。《诗经》说：'问候我的姑姑，再问候我的姐姐。'君子认为这也合乎礼，就是说虽然姐姐和自己亲近，但却要先问候姑姑。"

孔子说："臧文仲有三件事做得不仁爱，有三件事做得不聪明。使展禽屈居自己之下，设置了六个关口收税，让他的小妾织席贩卖与民争利，这三件事不够仁爱。给一个大乌龟建造房屋并养起来，纵容夏父弗忌升僖公之位于闵公之上，让国人祭祀海鸟爰居，这三件事不够聪明。"

冬季，晋国的先且居、宋国的公子成、陈国的辕选、郑国的公子归生攻打秦国，夺取了汪地，到达彭衙后回国，报了彭衙一战之仇。《春秋》不写各国卿的名字，是为了秦穆公的缘故，尊重秦国，叫做崇尚德行。

襄仲到齐国送去玉帛财礼，这是合乎礼的。凡国君即位，发展甥舅国家之间的友好关系，两国联姻，娶元配夫人以参加祭祀，这就是孝。讲究孝道，是遵循礼的开始。

# 文公三年

**【原文】**

（经） 三年春①，王正月，叔孙得臣会晋人、宋人、陈人、卫人、郑人伐沈②。沈溃。

夏五月，王子虎卒③。

秦人伐晋。

秋，楚人围江④。

雨螽于宋⑤。

冬，公如晋。十有二月己巳，公及晋侯盟。

晋阳处父帅师伐楚以救江。

**【注释】**

①三年：公元前 624 年。

②沈：国名，地在今安徽阜阳市西北。

③王子虎：周太宰，一称王叔文公。

④江：国名，在今河南息县西南。

⑤雨螽：杜注谓螽自上而坠，宋人因其死为得天拯
（zhuó），喜而来告。

## 【译文】

三年春，周历正月，叔孙得臣会合晋、宋、陈、卫、郑诸国人攻打沈国。沈国人民溃散。

夏五月，王子虎去世。

秦国人攻打晋国。

秋，楚国人包围江国。

蝗虫像下雨般坠落在宋国。

冬，文公去晋国。十二月己巳，文公与晋襄公订立盟约。

晋阳处父率领军队攻打楚国来救援江国。

## 【原文】

（传） 三年春，庄叔会诸侯之师伐沈，以其服于楚也。沈溃，凡民逃其上曰溃，在上曰逃。卫侯如陈，拜晋成也。

夏四月乙亥①，王叔文公卒。来赴吊如同盟，礼也。秦伯伐晋，济河焚舟，取王官②，及郊。晋人不出，遂自茅津济③，封殽尸而还。遂霸西戎，用孟明也。君子是以知秦穆公之为君也，举人之周也，与人之壹也；孟明之臣也，其不解也，

能惧思也；子桑之忠也④，其知人也，能举善也。《诗》曰："于以采蘩？于沼于沚。于以用之？公侯之事。秦穆有焉。""夙夜匪解，以事一人"，孟明有焉。"诒厥孙谋，以燕翼子"，子桑有焉。

秋，雨螽于宋，队而死也。楚师围江。晋先仆伐楚以救江。

冬，晋以江故告于周，王叔桓公⑤、晋阳处父伐楚以救江。门于方城⑥，遇息公子朱而还⑦。

晋人惧其无礼于公也，请改盟。公如晋，及晋侯盟。晋侯飨公，赋《菁菁者莪》。庄叔以公降、拜⑧，曰："小国受命于大国，敢不慎仪？君贶之以大礼⑨，何乐如之。抑小国之乐，大国之惠也。"晋侯降，辞，登，成拜。公赋《嘉乐》。

## 【注释】

①乙亥：四月二十四日。

②王官：晋国地名，在今山西省闻喜县西。

③茅津：地名，即今山西省平陆县茅津渡。

④子桑：即公孙枝。

⑤王叔桓公：周卿，王叔文公之子。

⑥方城：方城山的关口。

⑦息公子朱：楚国大夫。息公，息县之尹，名子朱。

⑧降：降阶再拜。

⑨贶（kuàng）：赏赐。

**【译文】**

　　鲁文公三年春天，庄叔会合诸侯攻打沈国，因为它投靠楚国。沈国的百姓溃散，凡是百姓逃避他们上层人物叫做"溃"，上层人物逃走叫做"逃"。卫侯到陈国去，这是为了答谢陈国所促成的卫、晋两国的和议的缘故。

　　夏四月二十四日，王叔文公死，发来了讣告。鲁国派人以同盟国的礼节吊唁他，这是合乎礼的。秦伯攻打晋国，渡过黄河后烧掉船只，攻取了晋国的王官和郊地。晋军不出战，于是秦军从茅津渡过黄河，埋葬完前次殽地之战的尸骨才回国，秦伯就此成了西戎的霸主，这都是由于任用了孟明。因此君子知道秦穆公作为国君，提拔人才考虑全面，任用人才专一不疑，孟明作为臣子，能够努力不懈，戒惧多思；子桑忠心耿耿，他了解别人，能够推举好人。《诗经》里说："哪里去采白蒿？到池塘里，到小洲上。在哪里使用它？在公侯的典礼上。"秦穆公就是这样的。"从早到晚不松懈，以侍奉天子一个人。"孟明做到了这些。"留给子孙好计谋，子孙安定受庇护。"子桑就是这样的人。

　　秋天，宋国发现很多螽斯如雨落下来，落到地上就死了。楚军包围江国，晋国的先仆攻打楚国以救援江国。

　　冬天，晋国把楚国侵略江国的事上奏周天子，王叔桓公、晋国的阳处父去攻打楚国以救援江国。晋、周联军攻打楚国方城山关口时，遇到了楚国的息公子朱，然后就回国了。

　　晋国人害怕曾经对文公无礼，请求更改盟约。文公到了晋国，和晋侯结盟。晋侯设宴招待文公，并吟赋《菁菁者莪》表示欢迎。庄叔让文公走下台阶拜谢，说："小国接受大国的命令，怎敢对礼仪不谨慎？君王赐我们以隆重的礼教，还有什么比这更高兴的呢？小国的高兴，是大国的恩惠。"晋侯也走下台阶辞让，再登上台阶，完成了拜礼，文公赋《嘉乐》吟诵以表示感谢。

# 文公四年

## 【原文】

（经） 四年春，公至自晋。夏，逆妇姜于齐。狄侵齐。秋，楚人灭江。晋侯伐秦。卫侯使宁俞来聘。冬十有一月壬寅[1]，夫人风氏薨。

## 【注释】

①壬寅：十一月一日。

## 【译文】

鲁文公四年春天，文公从晋国回到鲁国。夏天，从齐国娶米齐姜。狄人侵犯齐国。秋天，楚国灭亡江国。晋侯攻伐秦国。卫侯派宁俞来访问。冬十一月一日，夫人风氏逝世。

小范鞭智劫魏舒

**【原文】**

（传）　四年春，晋人归孔达于卫，以为卫之良也，故免之[1]。夏，卫侯如晋拜。曹伯如晋会正[2]。

逆妇姜于齐，卿不行，非礼也。君子是以知出姜之不允于鲁也。曰："贵聘而贱逆之，君而卑之，立而废之，弃信而坏其主，在国必乱，在家必亡。不允宜哉！《诗》曰：'畏天之威，于时保之'[3]，敬主之谓也。"

秋，晋侯伐秦，围邧[4]、新城[5]，以报王官之役。

楚人灭江，秦伯为之降服，出次，不举[6]，过数。大夫谏，公曰："同盟灭，虽不能救，敢不矜乎[7]？吾自惧也。"君子曰："《诗》云：'惟彼二国，其政不获；惟此四国，爰究爰度[8]。'其秦穆之谓矣。"

卫宁武子来聘，公与之宴，为赋《湛露》及《彤弓》[9]。不辞，又不答赋。使行人私焉[10]。对曰："臣以为肄业及之也[11]。昔诸侯朝正于王[12]，王宴乐之，于是乎赋《湛露》，则天子当阳，诸侯用命也。诸侯敌王所忾，而献其功，王于是乎赐之彤弓一，彤矢百，旅弓矢千[13]，以觉报宴[14]。今陪臣来继旧好，君辱贶之[15]，其敢干大礼以自取戾[16]。"

冬，成风薨。

**【注释】**

①免之：赦免他。

②会正：当时诸侯有向霸主纳贡赋的义务，会正即是诸侯去晋国商定贡赋之数额。

③畏天之威，于时保之：敬畏上天之威严，于是要保持信义。

④邥：地名，又称元里，在今陕西省澄城县南。

⑤新城：在澄城县东北二十里。

⑥不举：撤去丰盛饮食。

⑦矜：哀怜。

⑧二国：夏、商也。不获：失道，不得人心。四国：四方诸国。爰，于是也。四句大意为，那夏商二国，政事失道不得人心，灭亡了；那四方诸国，要从中寻究思谋，吸取教训。秦穆公"自惧"亦由此也。

⑨《湛露》、《彤弓》：均为《诗经·小雅》篇名。

⑩私：作动词，私下探究。

⑪肄业：学习修炼其业。

⑫正：音（zhēng），正月。

⑬旅（lú）：黑色。

⑭觉：表明。

⑮贶（kuàng）：赐予。

⑯干：犯。戾：罪过。


## 【译文】

四年春季，晋国释放孔达回到卫国，这是由于把他作为卫国的突出人才，所以赦免了他。夏季，卫成公到晋国拜谢释放孔达。曹共公到晋国商谈纳贡的事情。

在齐国迎接姜氏，鲁国的卿没有去迎接，这是不合于礼的。君子因此知道出姜在鲁国不会有好结果，说："用尊贵的礼节行聘而用低贱的礼节迎接她，身份是小君而轻待她，立为夫人而废弃她，丢掉信用而损害内主的身份，这事情发生在国家中必然使国家动乱，在家族中必然使家族灭亡。没有好结果是很恰当了。《诗》说：'畏惧上天的威灵，因此就能保有福禄。'这就是说要看重内主这样的身份。"

秋季，晋襄公攻打秦国，包围邧地、新成，以报复王官那次战役。

楚国人灭亡了江国，秦穆公为这件事穿上素服，出居别室，减膳撤乐，超过了应有的礼数。大夫劝谏。秦穆公说："同盟的国家被灭，虽然没有能救援，岂敢不哀怜呢？我是自己警惕呀。"君子说："《诗》说：'他们两个国家，政事不合法度；四方的国家，只好设法自谋。'这说的就是秦穆公啊。"

卫国的宁武子来鲁国访问，文公和他一起饮食，为他赋《湛露》和《彤弓》两首诗。宁武子没有辞谢，又不赋诗回答。文公派使者私下探问。宁武子回答说："下臣以为是在练习演奏。从前诸侯正月去京师向天子朝贺，天子设宴奏乐，在这个时候赋《湛露》这首诗，那就是表示天子对着太阳，诸侯效劳听命。诸侯把天子所痛恨的人作为敌人，而且献上自己的功劳。天子因为这样而赐给他们红色的弓一把、红色的箭一百枝、黑色的弓十把和箭一千枝，以表彰功劳而用宴乐来报答。现在陪臣前来继续过去的友好，承君王赐宴，且敢触犯大礼以自取罪过？"

冬季，成风死。

# 文公五年

**【原文】**

（经）　五年春，王正月，王使荣叔归含①，且赗②。三月辛亥，葬我小君成风。王使召伯来会葬。夏，公孙敖如晋。秦人入鄀③。秋，楚人灭六④。冬十月甲申，许男业卒。

**【注释】**

①含：古代放在死者口中里的珠、玉、米、贝等物。

②赗：音 fèng，助葬用的如车马束帛等财物。此作动词用。

③鄀：音 ruò，古国名。

④六：国名。

**【译文】**

五年春，周历正月，周王派荣叔为我小君成风送来口含之物，并赠送了助葬物品。三月十二日，安葬我国小君成风。周王派召伯来参加葬礼。夏，公孙敖到晋国去。秦国人进入鄀国。秋，楚国人灭掉六国。冬十月十八日，许男业死。

## 【原文】

（传）　五年春，王使荣叔来含且赗，召昭公来会葬[1]，礼也。

初，郜叛楚即秦，又贰于楚。夏，秦人入郜[2]。

六人叛楚即东夷[3]。秋，楚成大心、仲归帅师灭六[4]。冬，楚子燮灭蓼[5]，臧文仲闻六与蓼灭，曰："皋陶庭坚不祀忽诸[6]。德之不建，民之无援，哀哉[7]！"

晋阳处父聘于卫，反过宁，宁嬴从之[8]，及温而还，其妻问之，嬴曰："以刚[9]。《商书》曰：'沉渐刚克，高明柔克[10]。'夫子壹之，其不没乎[11]！天为刚德，犹不干时，况在人乎[12]？且华而不实，怨之所聚也[13]。犯而聚怨，不可以定身[14]。余惧不获其利而离其难，是以去之[15]。"晋赵成子、栾贞子、霍伯、臼季皆卒[16]。

## 【注释】

①五年：鲁文公五年（公元前622年）。荣叔：周大夫。含：通"琀（hàn 汉）"，古代放在死者口里的珠、玉、贝等物。赗（fèng 奉）：送给丧家送葬之物。召昭公：周王卿士。葬：指安葬成风。

②秦人入郜：郜都商密，秦人入郜，郜国未亡，迁都今湖北宜城市东南，为楚国附庸。后楚灭郜为邑县，定公六年楚令尹子西迁郢于郜，称为鄀郢。

③六：国名（在今安徽六安市北）。即：靠近，亲近。东夷：指东方诸国，又指东方文化落后诸国。

④仲归：楚国大夫，字子家。

⑤子：燮（xiè 谢）：楚国公子。蓼（liǎo 了）：国名（在今河南固始县东北）。

⑥皋陶（yáo 摇）庭坚：人名，皋陶的字为庭坚。

⑦不建：不修行，指六、蓼二国之君不修德行。援：援救，即得不到大国的援救。

⑧宁，晋国邑名（在今河南获嘉县西北，修武县东）。宁赢：晋国的逆旅大夫。

⑨赢：即宁赢。以刚：太刚硬。

⑩沉渐：犹言深沉，指深沉不暴露的人。刚克，即能刚硬。高明：犹言爽朗，指爽朗不闇弱的人。柔克，即能柔和。

⑪夫子：那个人，指阳处父。壹：此指只具备其一，指具备刚。

⑫刚德：刚强的德行。天秉阳，故天之德为刚。不干时：不触犯寒暑四时的次序。干，干犯，触犯。在人：指在人事上。

⑬所聚：聚集，指聚集的原因。

⑭犯：触犯，指触犯别人。

⑮余：指宁赢。不获其利：不能得到利益。离：同"罹（lí 离）"，遭遇，遭到。

⑯赵成子：赵衰；栾贞子：栾枝；霍伯：先且居；臼（jiù 旧）季：胥臣，均是晋国大夫。

## 【译文】

鲁文公五年春天，周天子派荣叔来鲁国致送含玉和丧葬用物，召昭公来鲁国参加成风的葬礼，这是合于礼的。

起初，鄀国背叛楚国亲近秦国，又和楚国有勾结。夏天，秦军攻进鄀国。

六国人背叛楚国亲近东夷。这年秋天，楚国成大心、仲归率领军队灭亡了六国。这年冬天，楚国公子燮灭亡了蓼国。鲁国大夫臧文仲听到六国和蓼国灭亡，说："皋陶庭坚突然就没有人祭祀了。国君不修德行，百姓得不到救援，伤心啊！"

晋国阳处父到卫国访问，回国时路过宁地，宁赢跟随着他。到达温地宁赢又回来了，他的妻子问他，宁赢说："太刚硬了。《商书》说：'深沉不暴露的人能刚硬，爽朗不闇弱的人能柔和。'那个人只具备其一，恐怕不得善终吧！上天属于刚强的德行，尚且还不触犯寒暑四时的次序，何况在人事上呢？而且华而不实，就会聚集怨恨。触犯别人而聚集怨恨，不能够安定自身。我害怕不能得到利益反而遭到祸害，因此才离开他。"晋国的赵衰、栾枝、先且居、胥臣都死了。

# 文公六年

【原文】

（经）　六年春，葬许僖公。夏，季孙行父如陈。秋，季孙行父如晋。八月乙亥，晋侯骓卒。冬十月，公子遂如晋，葬晋襄公。晋杀其大夫阳处父。晋狐射姑出奔狄[①]。闰月不告月，犹朝于庙[②]。

【注释】

①狐射姑：狐偃之子，食邑于贾，又名贾季。

②闰月不告月：告月即告朔，朔即每月初一。每年由天子颁布各月朔日于诸侯，诸侯将其藏于祖庙，至朔日，诸侯入朝祖庙，请出历书，令祝史宣告于群臣，以为当月政令之依据，即是告朔。朝于庙：告朔之礼毕，对诸庙进行祭祀为朝庙。文公虽去掉闰月告朔之礼，还保留对诸庙的祭祀。

【译文】

六年春，安葬许僖公。夏，鲁季孙行父去陈国。秋，季孙行父去晋国。八月十四日，晋侯骓死。冬十月，公子遂去晋国，参加晋襄公之葬礼。晋国杀死其大夫阳处父。晋国之狐射姑出奔到狄国。闰月不行告朔之礼，还保有对诸庙的祭祀。

## 【原文】

（传）　六年春，晋蒐于夷，舍二军①。使狐射姑将中军②，赵盾佐之③。阳处父至自温，改蒐于董④，易中军。阳子⑤，成季之属也⑥，故党于赵氏⑦，且谓赵盾能，曰："使能，国之利也。"是以上之⑧。宣子于是乎始为国政，制事典⑨，正法罪⑩，辟狱刑⑪，董逋逃⑫，由质要⑬，治旧洿⑭，本秩礼⑮，续常职⑯，出滞淹⑰。既成，以授大傅阳子与大师贾佗，使行诸晋国，以为常法。

臧文仲以陈、卫之睦也，欲求好于陈。夏，季文子聘于陈⑱，且娶焉。

秦伯任好卒⑲。以子车氏之三子奄息、仲行、鍼虎为殉，皆秦之良也。国人哀之，为之赋《黄鸟》⑳。

君子曰："秦穆之不为盟主也，宜哉。死而弃民。先王违世，犹诒之法㉑，而况夺之善人乎！《诗》曰：'人之云亡，邦国殄瘁㉒。'无善人之谓。若之何夺之？古之王者知命之不长，是以并建圣哲，树之风声㉓，分之采物㉔，著之话言㉕，为之律度，陈之艺极㉖，引之表仪㉗，予之法制，告之训典㉘，教之防利㉙，委之常秩㉚，道之礼则，使无失其土宜㉛，众隶赖之，而后即命㉜。圣王同之。今纵无法以遗后嗣㉝，而又收其良以死，难以在上矣。"君子是以知秦之不复东征也。

秋，季文子将聘于晋，使求遭丧之礼以行。其人曰："将焉用之？"文子曰："备豫不虞㉞，古之善教也。求而无之，实难㉟。过求何害？"

八月乙亥，晋襄公卒。灵公少㊱，晋人以难故，欲立长

曲沃城栾盈灭族

君[37]。赵孟曰[38]：“立公子雍[39]。好善而长。先君爱之，且近于秦。秦，旧好也。置善则固，事长则顺[40]，立爱则孝，结旧则安。为难故，故欲立长君，有此四德者[41]，难必抒矣。”贾季曰[42]：“不如立公子乐[43]。辰嬴嬖于二君[44]，立其子，民必安之。“赵孟曰：“辰嬴贱，班在九人，其子何震之有[45]？且为二嬖，淫也。为先君子，不能求大而出在小国，辟也[46]。母淫子辟，无威。陈小而远[47]，无援。将何安焉？杜祁以君故[48]，让偪姞而上之[49]，以狄故，让季隗而己次之[50]，故班在四。先君是以爱其子而仕诸秦，为亚卿焉[51]。秦大而近，足以为援，母义子爱，足以威民，立之不亦可乎？”使先蔑、士会如秦[52]，逆公子雍。贾季亦使召公子乐于陈。赵孟使杀诸郫[53]。

贾季怨阳子易其班也[54]，而知其无援于晋也。九月，贾季使续鞫居杀阳处父[55]。书曰：“晋杀其大夫。”侵官也。

冬十月，襄仲如晋，葬襄公。

十一月丙寅，晋杀续简伯。贾季奔狄。宣子使臾骈送其帑[56]。

夷之蒐，贾季戮臾骈[57]，臾骈之人欲尽杀贾氏以报焉。臾骈曰：“不可。吾闻《前志》有之曰[58]：‘敌惠敌怨[59]，不在后嗣’，忠之道也。夫子礼于贾季[60]。我以其宠报私怨[61]，无乃不可乎？介人之宠[62]，非勇也。损怨益仇，非知也。以私害公，非忠也。释此三者，何以事夫子？”尽具其帑，与其器用财贿，亲帅扞之，送致诸竟[63]。

闰月不告朔[64]，非礼也。闰以正时[65]，时以作事[66]，事以厚生[67]，生民之道，于是乎在矣。不告闰朔，弃时政也，何以为民？

【注释】

①舍：撤销。

②狐射姑：狐偃之子。

③赵盾：晋臣，又称赵宣子。

④董：晋地名。

⑤阳子：即阳处父。

⑥成季：即赵衰。

⑦党：偏袒。

⑧上之：居于上位。

⑨制事典：制订办事章程、条例。

⑩正法罪：制订刑罚律令。

⑪辟狱刑：清理诉讼积案。

⑫董逋逃：督察追捕逃犯。

⑬由质要：使用契约、账目作为凭据。

⑭治旧洿（wū）：治理清除政治污垢。洿，污秽。

⑮本秩礼：恢复被破坏的等级次序。

⑯续常职：重建被废弃的官职。

⑰出滞淹：推举被埋没的贤能。

⑱季文子：鲁桓公之子季友的孙子，又称季孙行父。

⑲任好：秦穆公之名。

⑳《黄鸟》：《诗经·秦风》之篇名。

㉑诒：同"遗"。

㉒云，语气助词。殄瘁，病伤。

㉓风声：风化声教。

㉔采物：指旌旗衣服之类。

㉕话言：善言。

㉖艺极：准则。

㉗引之表仪：引导其效仿表率。

㉘训典：前代的典章制度。

㉙防利：防止贪利。

㉚常秩：一定的职务及俸禄。

㉛土宜：即因地制宜。

㉜即命：天命已终，即死去。

㉝纵：纵然，即使。无法：没有法度。

㉞备豫不虞：准备着预料不到的事情。

㉟实难：会处于困境。

㊱灵公：名夷皋，襄公子。

㊲长君：年长的国君。

㊳赵孟：即赵盾以后，赵氏世称孟。

㊴公子雍：晋文公之子，襄公庶弟。

㊵事长：立长。

㊶四德：即固、顺、孝、安。

㊷贾季：即狐射姑。

㊸公子乐：公子雍之弟。

㊹辰嬴：即子圉之妻怀嬴，后嫁晋文公，故改称辰嬴。

二君：指怀公、文公。

㊺震：威。

㊻辟：同"僻"，鄙陋。

㊼陈：陈国，公子乐出居于陈。

㊽杜祁：公子雍之母。杜，国名；祁，姓。

㊾偪姞（bī jí）：晋襄公之母。偪：国名，姞，姓。

㊿季隗：见僖公二十八年传。

(51)亚卿：次卿。

(52)先蔑、士会：见僖公二十八年传。

(53)郫：晋邑名。

(54)易其班：改变其地位。贾季本为中军主帅，后改为中军副帅。

(55)续鞫居：即狐鞫居，又称续简伯。

(56)宣子：赵盾。臾骈：人名，赵盾的下属。帑（nù），孥：妻子儿女。

(57)戮：侮辱。

(58)《前志》：古书名。

(59)敌惠敌怨：有惠于人或有怨于人。敌，对。

(60)夫子：指赵盾。

(61)以其宠：借助他（赵盾）的宠信。

(62)介：因。

(63)竟：同“境”。

(64)告朔：告月。即每月于朔日告神，又称为月祭。

(65)闰以正时：闰月是用来补正四时的差错。

(66)作事：农耕之事。

(67)厚生：生活富裕。

## 【译文】

　　六年春季，晋国在夷地检阅军队，撤销两个军。派狐射姑率领中军，赵盾为副帅。阳处父从温地回来后，又改在董地检阅，同时调换了中军主帅。阳处父曾是成季的部下，所以偏袒赵氏，并且认为赵盾确有才能，他说："任用有才能的人对国家是有利的。"因此使赵盾居于狐射姑之上。赵盾从此开始掌管国家政权，制定规章制度，修订法律条令，清理诉讼积案，督察追捕逃犯，运用契约账簿作为凭据，铲除政治弊端使之清明，恢复日趋混乱的等级，重建已经废弃的官职，起用屈居下位的贤能之人。章法条令制定出来后，交给太傅阳处父和太师贾佗，让他们在全国推行，以作为晋国的基本法则。

　　臧文仲因为陈国和卫国关系较好，也希望能和陈国结好。夏季，季文子前往陈国访问，并在陈国娶了妻。

　　秦穆公任好去世。殡葬时用子车氏的三个儿子奄息、仲行、铖虎陪葬，他们都是秦国的贤良人才。秦国人为他们感到悲痛，并为此创作了《黄鸟》一诗。

　　君子对此评论说："看来秦穆公未能成为盟主，也是理所应当的了！死后还要连累他人，遗弃百姓。前代国君死后，都给后人留下典范，树立榜样，哪里会夺去百姓心目中好人的生命呢？《诗经》说：'如果贤能之人死亡，国家也就病入膏肓。'就是说已经没有好人了。为什么还要把好人的生命夺去呢？古代国君自知不能长生不老，于是就广泛地选用贤能之人，给他们树立风俗教化的典范，使他们的旗帜服饰显示出尊卑上下，为他们撰写了许多治国良言，制定了无数法律制度，宣布了应该遵循的准则，并引导他们遵守法纪，教给他们如何使用法律，讲解先王的典章遗训，教导他们不可过分谋求私利，任命他们担当一定的职务，教给他们各种礼仪和规范，使他们对各种问题因地制宜，灵活处置，百姓因此而信赖他们。古代国君把上述各项事情都做完了才放心地死去。圣明的君王都是这样做的。如今秦穆公不但没有给后人留下可供遵循的法律典章，反而夺走贤良之才作为他的殉葬品，他很难长久下去。"君子因此知道秦国不可能再向东扩展了。

秋季，季文子准备到晋国访问，让侍从代为请求一旦遭到丧事使用什么样的礼仪，然后才动身。侍从问他："有这个必要吗？"文子说："及早动手，有备无患，这是自古以来的教训。不事先准备，临时请求，就会很被动。早做准备，有什么害处呢？"

八月十四日，晋襄公去世。当时晋灵公尚且年幼，晋国人为了避免灾难，想立一位年长的国君。赵盾说："就立公子雍吧。他好做善事且年长。先君文公很喜欢他，他又和秦国亲近。秦国是我国的旧友。拥立一个善良人为国君，国家就能巩固，事奉年长的人名正言顺，立先君喜爱的儿子合乎孝道，结交昔日的友邦能使国家安定。为了避免祸难，所以要立年长者为国君。具备了固、顺、孝、安四种德行，灾难必然能够消除。"狐射姑说："我看不如立公子乐。他的母亲辰嬴曾经受到怀公、文公两位先君的宠爱。拥立她的儿子为君，百姓必然安定。"赵盾说："辰嬴身份低贱，在文公夫人中位居第九，她的儿子有什么威信呢？再说她曾受到两位国君的宠幸，是一个淫乱的女人。公子乐作为先君文公的儿子，不争取到大国做官，却甘愿去那小小的陈国，是一个邪僻之人。母亲淫荡，儿子邪僻，自然没有威严。陈国弱小而且遥远，不能援助我们，国家靠什么安定？杜祁为了国君，才让偪姞位居自己之上，为了安抚狄人，又甘愿屈居季隗之下，因此她排名第四。先君文公因此而特别喜欢她的儿子，让他到秦国做官，官至亚卿。秦国强大离我国又很近，能够及时援救我们，母亲仁义儿子备受喜爱，就能够镇服百姓，立他不是也可以吗？"就派先蔑、士会到秦国迎接公子雍。狐射姑也派人到陈国召请公子乐。赵盾派人在郫地杀了公子乐。

狐射姑对阳处父把他从中军主帅降为副帅一直耿耿于怀，也知道自己在晋国没有人帮助。九月贾季派续鞫居杀了阳处父。《春秋》中记载为"晋杀其大夫"，是因为阳处父侵夺了狐射姑中军主帅的职务。

冬季十月，襄仲到晋国参加晋襄公的葬礼。

十一月某日，晋国人杀了续鞫居。狐射姑逃亡到了狄人那里。赵盾派史骈把他的妻子儿女送了过去。

在夷地阅兵时，狐射姑曾经侮辱过史骈，史骈的部下打算把狐射姑全家斩尽杀绝，以为史骈报仇。但史骈阻拦说："不能这样做。据我所知，《前志》上有句话说：'无论和人有恩还是有怨，都和他的子孙没有关系。'这是忠恕之道。赵盾对狐射姑非常尊重。我却利用他的宠信报复自己的私仇，恐怕不行吧？利用别人的宠信去报复，不能算是勇敢。虽然泄了愤，却增加了对方的仇恨，不是聪明之举。因为私事而损害公事，这是不忠。抛弃了勇、知、忠三条，又靠什么去事奉赵盾呢？"于是史骈遵照赵盾的命令，亲自率兵把狐射姑的家人和财物护送到边境。

这一年闰月，鲁国没有在宗庙举行告朔典礼，这是不合礼的。闰是用来修正四时误差的，根据四时安排农事，农事合乎时令百姓就能有生活保障，使百姓赖以生存的道理就在这里。如果不举行告朔典礼，等于放弃了利用四时管理农事的形式，那么又靠什么来治理百姓呢。

# 文公七年

【原文】

（经）　七年春[1]，公伐邾。

三月甲戌，取须句。遂城郚[2]。

夏四月，宋公王臣卒[3]。

宋人杀其大夫。

戊子，晋人及秦人战于令狐。

晋先蔑奔秦。

狄侵我西鄙。

秋八月，公会诸侯，晋大夫，盟于扈[4]。

冬，徐伐莒。

公孙敖如莒莅盟。

**【注释】**

①七年：公元前 620 年。

②鄌（wù）：鲁邑，当在今山东泗水县东南。

③宋公：宋成公。

④扈：郑地，在今河南原阳县西。

**【译文】**

七年春，文公攻打邾国。

三月甲戌，占领须句。接着修筑鄌地的城墙。

夏四月，宋成公王臣去世。

宋国人杀死他们国家的大夫。

戊子，晋国人与秦国人在令狐交战。

晋先蔑逃到秦国。

狄人侵袭我国西部边境。

秋八月，文公与诸侯、晋大夫相会，在扈地结盟。

冬，徐国攻打莒国。

公孙敖去莒国参加会盟。

**【原文】**

（传） 七年春，公伐邾，间晋难也。三月甲戌，取须句，置文公子焉①，非礼也。

夏四月，宋成公卒。于是公子成为右师②，公孙友为左师，乐豫为司马，鳞矔为司徒，公子荡为司城，华御事为司寇。昭公将去群公子，乐豫曰："不可。公族，公室之枝叶

石季伦击碎珊瑚图

也，若去之则本根无所庇荫矣。葛藟犹能庇其本根[3]，故君子以为比[4]，况国君乎？此谚所谓'庇焉而纵寻斧焉者也'。必不可，君其图之。亲之以德，皆股肱也，谁敢携贰？若之何去之？"不听。穆、襄之族率国人以攻公，杀公孙固、公孙郑于公宫。六卿和公室，乐豫舍司马以让公子卬[5]，昭公即位而葬。书曰："宋人杀其大夫。"不称名，众也，且言非其罪也。秦康公送公子雍于晋[6]，曰："文公之入也无卫，故有吕、郤之难。"乃多与之徒卫。穆嬴日抱大子以啼于朝，曰："先君何罪？其嗣亦何罪？舍適嗣不立而外求君，将焉置此？"出朝，则抱以适赵氏，顿首于宣子曰："先君奉此子也而属诸子，曰：'此子也才，吾受子之赐；不才，吾唯子之怨。'今君虽终，言犹在耳，而弃之，若何？"宣子与诸大夫皆患穆嬴，且畏逼，乃背先蔑而立灵公[7]，以御秦师。箕郑居守。赵盾将中军，先克佐之，荀林父佐上军。先蔑将下军，先都佐之。步招御戎，戎津为右。及堇阴[8]，宣子曰："我若受秦，秦则宾也；不受，寇也。既不受矣，而复缓师，秦将生心。先人有夺人之心，军之善谋也。逐寇如追逃，军之善政也。"训卒利兵，秣马蓐食[9]，潜师夜起。戊子，败秦师于令狐，至于刳首[10]。己丑[11]，先蔑奔秦，士会从之。先蔑之使也，荀林父止之，曰："夫人，大子犹在，而外求君，此必不行。子以疾辞，若何？不然将及。摄卿以往可也，何必子？同官为寮，吾尝同寮，敢不尽心乎？"弗听。为赋《板》之三章[12]，又弗听。及亡，荀伯尽送其帑及其器用财贿于秦[13]，曰："为同寮故也。"士会在秦三年，不见士伯。其人曰："能亡人于国，不能见于此，焉用之？"士季曰：

“吾与之同罪，非义之也，将何见焉？”及归，遂不见。狄侵我西鄙，公使告于晋。赵宣子使因贾季问酆舒[14]，且让之。酆舒问于贾季曰：“赵衰、赵盾孰贤？”对曰：“赵衰，冬日之日也。赵盾，夏日之日也。”

秋八月，齐侯、宋公、卫侯、郑伯、许男、曹伯会晋赵盾，盟于扈，晋侯立故也。公后至，故不书所会。凡会诸侯，不书所会，后也。后至，不书其国，辟不敏也。穆伯娶于莒[15]，曰戴己，生文伯。其娣声己生惠叔。戴己卒，又聘于莒，莒人以声己辞，则为襄仲聘焉[16]。

冬，徐伐莒。莒人来请盟。穆伯如莒莅盟，且为仲逆。及鄢陵[17]，登城见之，美，自为娶之。仲请攻之，公将许之。叔仲惠伯谏曰[18]：“臣闻之，兵作于内为乱，于外为寇，寇犹及人，乱自及也。今臣作乱而君不禁，以启寇仇，若之何？”公止之，惠伯成之。使仲舍之，公孙敖反之，复为兄弟如初。从之。晋郤缺言于赵宣子曰：“日卫不睦，故取其地，今已睦矣，可以归之。叛而不讨，何以示威，服而不柔，何以示怀？非威非怀，何以示德？无德，何以主盟？子为正卿，以主诸侯，而不务德，将若之何？《夏书》曰：‘戒之用休[19]，董之用威，劝之以《九歌》，勿使坏。’九功之德皆可歌也，谓之九歌。六府、三事，谓之九功。水、火、金、木、土、谷，谓之六府。正德、利用、厚生，谓之三事。义而行之，谓之德、礼。无礼不乐，所由叛也。若吾子之德莫可歌也，其谁来之？盍使睦者歌吾子乎？”宣子说之。


【注释】

①文公：指邾文公。

②右师：官名，宋国右师、左师、司马、司徒、司城、司寇为六卿。

③葛藟：一种野植物，俗称葛条，属葡萄科。

④以为比：以葛藟做比喻。

⑤公子卬：宋昭公之弟。

⑥秦康公：名罃，秦穆公之子。

⑦灵公：即太子夷皋。

⑧董阴：晋地，在今山西省临猗县东。

⑨蓐（rù）食：饱食。蓐，厚。

⑩刳首：晋国地名，在今临猗县西。

⑪己丑：四月二日。

⑫《板》：《诗经·大雅》的篇名。

⑬荀伯：即荀林父。

⑭酆舒：狄国相。

⑮穆伯：即公孙敖。

⑯襄仲：即公子遂。

⑰鄢陵：莒国邑名，在今山东省临沭县境内。

⑱叔仲惠伯：鲁宗族。

⑲戒之用休：把喜庆事告诉他。戒，同诫；休，喜庆。

【译文】

鲁文公七年春天，文公讨伐邾国，这是利用晋国正忙于立君之难的空隙呀。三月十七日，鲁国攻取了须句，但却安排邾文公的儿子在这里为守官，这是不合乎礼的。

夏四月，宋成公逝世。这时公子成为右师，公孙友为左师，乐豫为司马，鳞矔为司城，公子荡为司城，华御事为司寇。
宋昭公想铲除群公子，乐豫说："不行。公族是公室的枝叶，
如果去掉它，那么树干树根就没有枝叶遮蔽了。葛藟还能遮
蔽它的躯干和根，所以君子常以它做比喻，何况是国君呢？
这就是俗话说的'树荫遮蔽了却又放肆使用斧子'，一定不
可以。君王要慎重考虑！如果用德行去亲近他们，那么，他
们都是左右辅佐大臣，有谁敢怀二心？为什么要杀他们呢？"
昭公不听。穆公、襄公的族人率国人攻打昭公，在宫里杀死
了公孙固和公孙郑。六卿和王室讲和，乐豫放弃了司马的官
职给了昭公弟弟公子印。昭公即位以后才为宋成公举行葬礼。
《春秋》上说："宋人杀其大夫。"不记载名字，这是由于
人多而且他们无罪。秦康公送公子雍到晋国，说："晋文公
回国时没有兵力保护，所以有吕、郤发动的祸难。"于是就
多给他步兵卫士，护送他回国。穆嬴天天抱着太子在朝廷上
啼哭，说："先君有什么罪过？他的继承人又有什么罪？丢
开嫡长子不立，反而到外面去求国君，你们准备怎么安置这
个小孩？"出了朝廷，就抱着孩子到赵家，向赵盾叩头，说"先
君捧着这个孩子嘱托给您，说'这个孩子如果成才，我就感
谢您恩德；如果不成才，我将怨恨您。'如今先君虽已去世，
但他的话还在耳边，可您就放弃太子不管，这事可怎么办？"
赵盾和大夫们都怕穆嬴，而且害怕威逼，就背弃了先蔑所迎
的公子雍而立了灵公，并发兵抵御秦国军队。箕郑留守。赵
盾率领中军，先克辅助他，荀林父辅助上军，先蔑率领下军，
先都辅助他。步招为赵盾驾车，戎津为车右。到达堇阴，赵
盾说："我们如果接受秦国护送的公子雍，那么秦军就是宾

客；不接受，他们就是敌人。我们已经不接受了，却又迟迟不进军，秦国就会动别的念头。抢先一步以压倒敌人的士气，是对敌作战的上策。追赶敌人犹如追击逃兵，这是作战的好战术。"于是教练士兵，磨砺武器，喂饱战马，让部队吃饱，在夜里偷偷出发。四月一日，在令狐打败秦军，一直追到刳首。四月二日，先蔑逃亡到秦国，士会跟着他。先蔑出使秦国的时候，荀林父曾劝阻他说："大夫和太子还在，反而到外边去求国君，这事一定是行不通的。你借口生病而辞谢不去，怎么样？不然的话，您将招致祸灾。派一个代理卿前去就可以了，为什么一定您去呢？在一起做官叫寮，我曾和您同寮，怎敢不替您尽心呢？"先蔑不听。荀林父为他赋《板》诗的第三章，还是不听。等到他逃亡出国，荀林父把他的妻子儿女和器用的财货全部送到秦国，说："这是因为我们是同寮的缘故。"士会在秦国三年，没去见先蔑。有人说："能和别人一起逃亡到这个国家，而不愿在这里相见，何必这样？"士会说："我和他罪过相同，并不是认为他的行为是符合道义才跟他来的，又有什么必要见面呢？"一直到回国，始终没有去见士蔑。狄人侵略我国西部边境，文公派使者向晋国报告。赵宣子派贾季去问酆舒，并且责备他。酆舒问贾季说："赵衰、赵盾哪一个贤明！"贾季回答说："赵衰是冬天的太阳，赵盾是夏天的太阳。"

秋八月，齐侯、宋公、卫侯、郑伯、许男、曹伯和晋国的赵盾在扈地结盟，这是由于晋侯即位的缘故。文公晚到，所以《春秋》不记载与会的国家。凡是和诸侯聚会结盟，如不记载与会国家，就是因为晚到的原因。晚到，不记载这些国家，是为了避免弄出错误。穆伯在莒国娶妻，名叫戴己，生文伯；她的妹妹声己生了惠叔。戴己死了后，穆伯又到莒国行聘。莒国人用声己在的理由辞谢。于是就为襄仲行聘。

冬天，徐国攻打莒国，莒人前来请求结盟，穆公到莒国参加盟会，顺便为襄仲迎娶莒女。到达鄢陵，登城见到莒女，很美丽，就自己娶了她。襄仲请求攻打穆伯，文公准备答应。叔仲惠伯劝谏说："臣听说：'战争发生在国内叫做乱，外部发生战争叫做寇。寇还能够杀伤别人，乱就自己伤害自己了。'现臣下作乱而国君不加禁止，如果因此而引起外部敌人来进攻，怎么办呢？"文公就阻止了襄仲的进攻。惠伯给他们调解：要襄仲舍弃莒女不娶，公孙敖把莒女送回莒国，重新恢复兄弟如当初的关系。襄仲和公孙敖听从了。晋国的郤缺对赵宣子说："过去卫国对我们不友好，所以才占取它的土地，现在已经友好了，可以归还它的土地了。背叛了不加讨伐，用什么显示声威？顺服了不加安抚，用什么显示关怀？既不显示声威又不显示关怀，用什么显示德行呢？没有德行，用什么主持盟会？您作为正卿，主持诸侯事务而不致力于德行，这将怎么办呢？《夏书》上说：'以善行告诫，以威严监督，用《九歌》劝勉他，不要让他学坏。'有关九功的德行都可以歌唱，所以叫《九歌》。六府三事叫做九功。水、火、金、木、土、谷，叫做六府；端正德行，利于使用，富裕生民，叫做三事。把九功合乎道义地推行于天下，就是有德、礼。没有礼就不会欢乐，叛乱也会由此而发生。如果您的德行没有值得歌颂的，那又有谁肯来归服呢？何不叫那些对我们友好的邻邦歌颂您呢？"赵宣子很高兴。

弑齐光崔庆专权

# 文公八年

【原文】

（经）　八年春，王正月。

夏四月。

秋八月戊申，天王崩。

冬十月壬午，公子遂会晋赵盾，盟于衡雍①。乙酉，公子遂会雒戎，盟于暴②。公孙敖如京师，不至而复③。丙戌，奔莒。螽。宋人杀其大夫司马④，宋司城来奔。

【注释】

①衡雍：郑国地名。

②雒（luò）：雒戎，居于雒水之戎。

③不至：没有到达。

④司马：公子卬。

【译文】

八年春，周历正月。

夏四月，无事。

秋八月戊申日，天王驾崩。

冬十月壬午日，公子遂在衡雍会见晋之赵盾，并结盟。乙酉日，公子遂会见雒戎并在暴地结盟。公孙敖前往京师，未至而返回。丙戌日，奔往莒国。发生蝗虫之灾。宋人杀死其大夫司马，宋之司城逃亡来到鲁国。

## 【原文】

（传）　八年春，晋侯使解扬归匡[1]、戚之田于卫，且复致公婿池之封[2]，自申至于虎牢之境。

夏，秦人伐晋，取武城，以报令狐之役。

秋，襄王崩。

晋人以扈之盟来讨。

冬，襄仲会晋赵孟，盟于衡雍，报扈之盟也。遂会伊、雒之戎。书曰"公子遂"，珍之也。

穆伯如周吊丧，不至，以币奔莒，从己氏焉[3]。

宋襄夫人，襄王之姊也，昭公不礼焉[4]。夫人因戴氏之族，以杀襄公之孙孔叔、公孙钟离及大司马公子卬，皆昭公之党也。司马握节以死[5]，故书以官。司城荡意诸来奔，效节于府人而出[6]。公以其官逆之，皆复之。亦书以官，皆贵之也。

夷之蒐，晋侯将登箕郑父[7]、先都，而使士縠、梁益耳将中军。先克曰："狐、赵之勋，不可废也。"从之。先克夺蒯得田于堇阴，故箕郑父、先都，士縠、梁益耳、蒯得作乱。

## 【注释】

①匡、戚：本为卫邑，文公元年被晋占领。

②封：疆界。

③己氏：即七年《传》中所记载的为襄仲聘宝的莒女。

④昭公：宋襄夫人孙子。

⑤节：符节。

⑥效：致献。

⑦登：提升。

## 【译文】

八年春季，晋灵公派解扬把匡、戚两地的田地归还给卫国，同时也把公婿池所划定的疆界从申地到虎牢边境送还给郑国。

夏天，秦军攻打晋国，夺取了武城，以报"令狐之役"的仇。

秋天，周襄王驾崩。

晋国人由于在扈会盟文公晚到的事前来讨伐。

冬天，襄仲会见晋国的赵盾，在衡雍结盟，这是为了弥补前次在扈地结盟后到的缘故，并因此和伊、雒的戎人会见。《春秋》记载称他为"公子遂"，这是表示重视他。

穆伯到周室去吊丧，没有到周都，带着吊丧的礼物逃奔莒国，追随莒女己氏去了。

宋襄公夫人是周襄王的姐姐，宋昭公对她不以礼相待。宋襄公夫人依靠戴氏的族人杀了襄公的孙子孔叔、公孙钟离和大司马公子卬，都是宋昭公的党羽。司马手里拿着符节死去，所以《春秋》写上他的官职。宋司城荡意诸逃奔来鲁国，把他的符节交给府人然后出走。文公依照他原来的官职来接待，对同来的随从官属也都恢复了他们原来的官职。《春秋》也写上他的官位，都是为了表示尊重他。

在夷地阅兵的时候，晋侯准备提升箕郑父和先都，让士縠、梁益耳率领中军。先克说：“狐、赵两人的功劳，不可废弃。”晋侯听从了。先克夺走了蒯得在董阴的田地，所以箕郑父、先都、士縠、梁益耳、蒯得等人发动叛乱。

# 文公九年

## 【原文】

（经）　九年春，毛伯来求金[1]。夫人姜氏如齐。二月，叔孙得臣如京师。辛丑，葬襄王。晋人杀其大夫先都。三月，夫人姜氏至自齐。晋人杀其大夫士縠及箕郑父。楚人伐郑。公子遂会晋人、宋人、卫人、许人救郑。夏，狄侵齐。秋八月，曹伯襄卒。九月癸酉，地震。冬，楚子使椒来聘[2]。秦人来归僖公、成风之襚[3]。葬曹共公。

## 【注释】

[1]毛伯：周天子之卿，名卫。求金：求货贡也，即金玉龟贝之贡。

[2]椒：楚大夫子越椒也。

[3]襚（súi）：赠送给死人的衣衾，亦指赠给生人之衣服。

## 【译文】

九年春，毛伯卫来鲁求货贡。夫人姜氏去齐国。二月，叔孙得臣去京师参加周襄王葬礼。二十四日，安葬周襄王。晋人杀死其大夫先都。三月，夫人姜氏由齐国回来。晋人杀死其大夫士縠及箕郑父。楚人攻伐郑国。公子遂会合晋人、宋人、卫人、许人联合救郑。夏，狄侵伐齐国。秋八月，曹伯襄死。九月，发生地震。冬，楚君派子越椒来鲁聘问。秦人来馈送僖公、成风丧事所用衣衾。安葬曹共公。

## 【原文】

（传）　九年春，王正月己酉①，使贼杀先克。乙丑②，晋人杀先都、梁益耳。

毛伯卫来求金③，非礼也。不书王命，未葬也。

二月，庄叔如周，葬襄王。

三月甲戌，晋人杀箕郑父、士縠、蒯得④。

范山言于楚子曰⑤："晋君少，不在诸侯，北方可图也⑥。"楚子师于狼渊以伐郑⑦。囚公子坚、公子龙及乐耳⑧。郑及楚平。公子遂会晋赵盾、宋华耦、卫孔达、许大夫救郑，不及楚师⑨。卿不书，缓也，以惩不恪⑩。

夏，楚侵陈，克壶丘，以其服于晋也⑪。秋，楚公子朱自东夷伐陈⑫，陈人败之，获公子茷⑬。陈惧，乃及楚平。

冬，楚子越椒来聘，执币傲⑭。叔仲惠伯曰："是必灭若敖氏之宗⑮。傲其先君，神弗福也⑯。"

秦人来归僖公、成风之襚[17]，礼也。诸侯相吊贺也，虽不当事[18]，苟有礼焉，书也，以无忘旧好。

## 【注释】

①九年：鲁文公九年（公元前618年）。己酉：正月初二。

②乙丑：正月十八日。

③求金：求取金为安葬周襄王。

④三月甲戌：三月二十八日。

⑤范山：楚国大夫。楚子：即楚穆王。

⑥晋君：指晋灵公，名夷皋，襄公之子，在位十四年，后为赵穿所杀。不在诸侯：指心意不在称霸诸侯。

⑦师：扎营。狼渊：郑国地名（在今河南许昌县）。

⑧公子坚、公子龙（máng 忙）、乐耳：都是郑国大夫。

⑨公子遂：即襄仲，鲁国大夫。华耦：又称华孙、司马子伯，华父督曾孙，宋国大夫。不及楚师：没有遇上楚军。

⑩卿不书：《春秋》没有记载卿的名字，指没记赵盾、华耦、孔达诸卿的名字，只记"晋人、宋人、卫人"。缓：迟缓，指出兵迟缓。恪（kè 客）：谨慎，此指办事严肃认真。

⑪壶丘：陈国邑名（在今河南新蔡县东南）。

⑫公子朱：又称了朱，息公子朱，楚国大夫。东夷：指当时东方文化落后的诸小国。

⑬公子茷（fèi 费，又读 pèi 配、fá 伐）：楚国公子。

⑭子越椒：即斗椒，字子越，又字伯棼，楚国大夫。执币：手拿着礼物。

⑮若敖氏：楚国令尹子文氏及其氏族。

⑯弗福：不会降福，即不会保佑。

⑰归：通"馈"，赠送。襚（suì 遂）：赠送死人的衣衾。

⑱不当事：不及时。

## 【译文】

鲁文公九年春，周历正月初二，派贼人杀了先克。正月十八日，晋国人杀了先都、梁益耳。

毛伯卫来鲁国求取金子，这是不合于礼的。《春秋》没有记载天子的命令，是由于周襄王没有安葬。

二月，庄叔到周都，参加襄王的葬礼。

三月二十八日，晋国人杀了箕郑父、士縠、蒯得。

楚国大夫范山对楚穆王说："晋国国君年少，心意不在称霸诸侯，北方是可以打主意的。"楚王在狼渊扎营来攻打郑国。俘虏了公子坚、公子龙和乐耳。郑国和楚国媾和。鲁国公子遂会合晋国赵盾、宋国华耦、卫国孔达、许国大夫救援郑国，没有遇上楚军。《春秋》没有记载卿的名字，因为他们出兵迟缓，以此惩戒他们办事不严肃认真。

这年夏天，楚国攻打陈国，攻下壶丘，因为它归服了晋国。秋天，楚国公子朱从东夷进攻陈国，陈国军队打败了他，俘获了公子茷。陈国害怕楚国报复，于是就与楚国媾和。

这年冬天，楚国子越椒来鲁国访问，手拿着礼物显出傲慢。叔仲惠伯说："这个人必定会使若敖氏的宗族灭亡。向他的先君表示傲慢，神灵不会降福给他。"

秦国人来鲁国向死去的僖公、成风赠送衣衾，这是合于礼的。诸侯之间相互吊丧贺喜，虽然不及时，如果符合礼仪，《春秋》就记载，表示不忘记过去的友好。

# 文公十年

【原文】

（经）　十年春[1]，王正月辛卯，臧孙辰卒[2]。

夏，秦伐晋。

楚杀其大夫宜申[3]。

自正月不雨，至于秋七月。

及苏子盟于女栗[4]。

冬，狄侵宋。

楚子、蔡侯次于厥貉[5]。

【注释】

①十年：公元前 617 年。

②臧孙辰：即臧文仲，庄公二十八年为卿，至此已五十年。

③宜申：斗宜申，即子西。

④苏子：周卿士。女栗：今不详何地。

⑤楚子：楚穆王。蔡侯：蔡庄侯。厥貉：当在今河南项城市境。

## 【译文】

十年春，周历正月辛卯，臧孙辰去世。

夏，秦国攻打晋国。

楚国杀死他们的大夫宜申。

从正月开始至秋七月一直没下雨。

与苏子在女栗结盟。

冬，狄人侵袭宋国。

楚穆王、蔡庄侯驻扎在厥貉。

## 【原文】

（传） 十年春，晋人伐秦，取少梁①。

夏，秦伯伐晋，取北徵②。

初，楚范巫矞似谓成王与子玉、子西曰："三君皆将强死③。"城濮之役，王思之，故使止子玉曰："毋死。"不及。止子西，子西缢而县绝④，王使适至⑤，遂止之，使为商公⑥。沿汉溯江⑦，将入郢⑧。王在渚宫⑨，下，见之。惧而辞曰："臣免于死，又有谗言，谓臣将逃，臣归死于司败也⑩。"王使为工尹⑪，又与子家谋弑穆王⑫。穆王闻之，五月，杀斗宜申及仲归⑬。

秋七月，及苏子盟于女栗⑭，顷王立故也。

陈侯、郑伯会楚子于息。冬，遂及蔡侯次于厥貉⑮，将以伐宋。

宋华御事曰："楚欲弱我也⑯。先为之弱乎，何必使诱

纳卫行宁喜擅政

我<sup>⑰</sup>？我实不能，民何罪？"乃逆楚子，劳<sup>⑱</sup>，且听命。遂道以田孟诸<sup>⑲</sup>。宋公为右盂<sup>⑳</sup>，郑伯为左盂。期思公复遂为右司马<sup>㉑</sup>，子朱及文之无畏为左司马<sup>㉒</sup>。命夙驾载燧<sup>㉓</sup>。宋公违命，无畏抶其仆以徇<sup>㉔</sup>。

或谓子舟曰<sup>㉕</sup>："国君不可戮也<sup>㉖</sup>。"子舟曰："当官而行<sup>㉗</sup>，何强之有？《诗》曰：'刚亦不吐，柔亦不茹。''毋纵诡随，以谨罔极<sup>㉘</sup>。'是亦非辟强也<sup>㉙</sup>。敢爱死以乱官乎<sup>㉚</sup>！"

厥貉之会，麇子逃归<sup>㉛</sup>。

## 【注释】

①少梁：古梁国，僖公十九年亡于秦。

②北徵：晋邑名。

③强死：无病而死。强，健。

④县绝：绳子断开。县同"悬"。

⑤适：刚刚，恰巧。

⑥商：即商密，楚地名，在今河南省淅川县西南。

⑦沿汉溯江：沿汉水顺流而下，入长江后再逆水向长江上游而行。

⑧郢：楚国都，在今湖北省江陵县北。

⑨渚宫：楚王别宫。

⑩司败：楚官名，即司寇，执法官。

⑪工尹：官名，掌百工，亦可临时统兵。

⑫子家：即仲归，楚臣。

⑬斗宜申：即子西。

⑭苏子：周卿士。女栗：不详何地。

⑮厥貉：地名，在今河南项城市境。

⑯弱：降服，归附。

⑰诱：诱迫。

⑱劳：慰劳。

⑲道：引导。孟诸：地名，见僖公二十八年传注。

⑳孟：田猎阵名，即圆阵。

㉑期思：楚邑名。复遂：人名，期思县尹。

㉒文之无畏：人名，楚臣。

㉓夙驾：早上驾车。燧：木燧，取火的工具。

㉔抶（chì）：笞打。仆：宋公的仆人。

㉕子舟：即文之无畏。

㉖戮：辱。

㉗当官而行：当其官守，行其职责。

㉘毋纵诡随，以谨罔极：句出《诗经·大雅·民劳》。纵，放纵。诡随，狡诈的人。罔极，无准则，即行为放荡。

㉙非辟强：不避强悍。

㉚爱死：惜死。乱官：即放弃职守。

㉛麇（jūn）：国名，故城在今湖北省郧县。

## 【译文】

十年春季，晋国人攻打秦国，夺取了少梁。

夏季，秦康公讨伐晋国，夺取了北徵。

当初，楚国范地的巫人矞似就楚成王和子玉、子西预言说："这三个人将不能善终！"城濮之战时，成王想起了这句话，派人劝阻子玉说："不要自杀。"没有来得及。去阻止子西，子西也正准备上吊，恰好绳子断了，使者赶到，才阻止了他没有自杀，并任命为商公。子西顺汉水而下，溯长江而上，准备进入郢都。成王正在渚宫，下来接见他。子西非常害怕，急忙辩解说："臣虽然幸免一死，又有人诬陷说我准备逃走，臣特来请求让司败把臣处死！"成王让他做了工尹，他又和仲归勾结企图谋杀楚穆王。穆王听说后，五月，杀了他和仲归。

秋季七月，文公和苏子在女栗结盟，这是周顷王即位的缘故。

陈共公、郑穆公和楚穆王在息地会见。冬季，和蔡庄公一起驻扎在厥貉，准备攻打宋国。

宋国的华御事说："楚国想让我们降服。我们先主动表示降服吗，何必等他们诱迫呢？我们确实是没有能耐，但百姓们有什么罪呢？"就前去迎接楚穆王，向他慰问，并且表示降服。然后给穆王带路在孟诸打猎。宋昭公率领右边圆阵，郑穆公率领左边圆阵，期思公复遂担任右司马，子朱和文之无畏担任左司马。穆王下令一大早就用车子载上取火工具出发。宋昭公违背了命令，文之无畏就鞭打了宋昭公的仆人，并在全军示众。

有人对文之无畏说："不能随便侮辱国君。"文之无畏说："我秉公办事，国君有什么了不起？《诗经》说：'硬的不怕，软的也不怕。''不能放纵狡诈之人，以便使其有所收敛。'说的就是不畏强权，我怎么敢为了保全性命而不履行职守呢？"

在厥貉会见时，麇子逃了回去。

# 文公十一年

**【原文】**

（经）　十有一年春，楚子伐麇。夏，叔仲彭生会晋郤缺于承筐。秋，曹伯来朝。公子遂如宋。狄侵齐。冬十月甲午，叔孙得臣败狄于咸。

**【译文】**

十一年春，楚国讨伐麇国。夏，叔仲彭生在承筐会见晋郤缺。秋，曹君来鲁朝见。公子遂去宋国。狄人侵伐齐国。冬十月三日，叔孙得臣在咸地打败狄军。

**【原文】**

（传）　十一年春，楚子伐麇，成大心败麇师于防渚[1]。潘崇复伐麇，至于锡穴[2]。

夏，叔仲惠伯会晋郤缺于承筐，谋诸侯之从于楚者。

秋，曹文公来朝，即位而来见也。襄仲聘于宋，且言司城荡意诸而复之，因贺楚师之不害也。鄋瞒侵齐[3]。遂伐我。公卜使叔孙得臣追之，吉。侯叔夏御庄叔[4]，绵房甥为右，富父终甥驷乘。

冬十月甲午，败狄于咸，获长狄侨如[5]。富父终甥摏其喉[⑥]，以戈杀之，埋其首于子驹之门[⑦]，以命宣伯[⑧]。初，宋武公之世，鄋瞒伐宋，司徒皇父帅师御之，耏班御皇父充石[⑨]，公子穀甥为右，司寇牛父驷乘，以败狄于长丘[⑩]，获长狄缘斯[⑪]，皇父之二子死焉。宋公于是以门赏耏班，使食其征，谓之耏门。晋之灭潞也[⑫]，获侨如之弟焚如。齐襄公之二年，鄋瞒伐齐。齐王子成父获其弟荣如，埋其首于周首之北门[⑬]。卫人获其季弟简如，鄋瞒由是遂亡。郕大子朱儒自安于夫钟[⑭]，国人弗徇。

【注释】

①成大心：成得臣之子，字孙伯。防诸：麇地名，即今湖北省房县。

②锡穴：当是麇国都城，在今陕西省白河县东。

③鄋（sōu）瞒：国名，即北方长狄部落。

④御庄叔：即驾驭庄叔的战车。庄叔即得臣。

⑤长狄侨如：鄋瞒国君。

⑥摏（chōng）：抵住。

⑦子驹之门：鲁国西郭门。

⑧命宣伯：即将宣伯命名为侨如。宣伯，即叔孙得臣之子叔孙侨如。

⑨皇父：宋戴公之子，字皇父，名充石。耏（ér），姓。

⑩长丘：宋邑名。

⑪缘斯：侨如的先祖。

⑫潞：长狄部落名。

⑬周首：齐国邑名。在今山东省东阿县东。

⑭郕：国名，周武王封弟叔武于此。春秋时为孟氏邑。汉为成阳县。故地在今河南省范县境。夫钟：郕邑名，在今山东省汶上县东北。

## 【译文】

鲁文公十一年春天，楚子攻打麇国。成大心在防渚打败麇军。潘崇又攻打麇国，一直打到锡穴。

夏天，鲁国的叔仲惠伯在承筐会见了晋国的郤缺。商量如何对付那些跟从楚国的诸侯。

秋天，曹文公前来朝见，这是由于即位而来朝见的。襄仲在宋国访问，同时谈起宋国司城荡意诸及让他回国的事。并为去年楚军侵略宋国没造成危害向宋国道贺。鄋瞒侵略齐国，随后又进攻鲁国。文公准备派叔孙得臣追击敌人一事占卜，吉利。侯叔夏为庄叔驾车，绵房甥为车右，富父终甥为车右副手。

冬十月三日，在咸地打败狄人，俘虏了狄将长狄侨如。富父终甥用戈抵住他的咽喉，杀了他，并把他的脑袋埋在子驹之门的下边。并用侨如作为他儿子宣伯的名，叫叔孙侨如。当初，在宋武公时，鄋瞒进攻宋国，司徒皇父领兵抵御。耏班为皇父充石驾车，公子谷甥作车右，司寇牛父作为驷乘，在长丘打败狄人，俘虏了长狄缘斯。皇父和谷甥、牛父却都战死了。宋武公因此把一座城门赏给了耏班，让他以征收城门税作为俸禄。从此这座门就被称为耏门。当晋国灭亡潞国的时候，俘虏了侨如的弟弟焚如。齐襄公二年，鄋瞒讨伐齐国，齐国的王子成父俘虏了侨如的弟弟荣如，并把他的头埋在周首的北门下，当狄人退经卫国时，卫国又俘虏了焚如的弟弟简如。从此鄋瞒就灭亡了。廧国的太子朱儒独自一人居住在夫钟，因为廧国人都不肯顺从他。

# 文公十二年

## 【原文】

（经）　十有二年春，王正月，郕伯来奔。杞伯来朝。二月庚子，子叔姬卒。

夏，楚人围巢。

秋，滕子来朝。秦伯使术来聘。

冬十有二月戊午，晋人、秦人战于河曲[1]。季孙行父帅师城诸及郓[2]。

## 【注释】

①河曲：晋国地名。

②郓：地名。

## 【译文】

十二年春，周历正月，郕国君主前来投奔。杞君来朝见。二月庚子日，叔姬卒。

夏，楚人包围巢国。

秋，滕君来朝见。秦伯派西乞术来访问。

　　冬，十二月戊午日，晋与秦在河曲交战。季孙行父率军去诸和郓筑城。

## 【原文】

　　（传）　十二年春，郕伯卒。郕人立君。大子以夫钟与郕、邿来奔[1]。公以诸侯逆之，非礼也。故书曰"郕伯来奔"，不书地，尊诸侯也。

　　杞桓公来朝，始朝公也，且请绝叔姬而无绝昏[2]，公许之。

　　二月，叔姬卒。不言"杞"，绝也。书"叔姬"，言非女也。

　　楚令尹大孙伯卒[3]，成嘉为令尹[4]。群舒叛楚[5]。夏，子孔执舒子平及宗子，遂围巢。

　　秋，滕昭公来朝，亦始朝公也。

　　秦伯使西乞术来聘，且言将伐晋。襄仲辞玉，曰："君不忘先君之好，照监鲁国，镇抚其社稷，重之以大器[6]，寡君敢辞玉！"对曰："不腆敝器[7]，不足辞也。"主人三辞，宾答曰："寡君原徼福于周公[8]、鲁公以事君。不腆先君之敝器，使下臣致诸执事[9]以为瑞节[10]，要结好命[11]，所以藉寡君之命[12]，结二国之好，是以敢致之！"襄仲曰："不有君子，其能国乎？国无陋矣。"厚贿之。

　　秦为令狐之役故[13]，冬，秦伯伐晋，取羁马[14]。晋人御之。赵盾将中军，荀林父佐之。郤缺将上军，臾骈佐之。栾盾将下军，胥甲佐之。范无恤御戎。以从秦师于河曲。臾骈曰："秦

汤武征诛图

不能久，请深垒固军以待之⑮。”从之。

秦人欲战。秦伯谓士会曰⑯：“若何而成？”对曰：“赵氏新出其属曰臾骈⑰，必实为此谋，将以老我师也⑱。赵有侧室曰穿，晋君之婿也，有宠而弱，不在军事⑲；好勇而狂，且恶臾骈之佐上军也。若使轻者肆焉⑳，其可。”

秦伯以璧祈战于河。

十二月戊午，秦军掩晋上军㉑，赵穿追之，不及。反，怒曰：“裹粮坐甲㉒，固敌是求㉓。敌至不击，将何俟焉？”军吏曰：“将有待也。”穿曰：“我不知谋，将独出。”乃以其属出。宣子曰：“秦获穿也，获一卿矣㉔。秦以胜归，我何以报？”乃皆出战，交绥㉕。

秦行人夜戒晋师曰㉖：“两君之士皆未愁也㉗，明日请相见也。”臾骈曰：“使者目动而言肆㉘，惧我也，将遁矣。薄诸河㉙，必败之！”胥甲、赵穿当军门呼曰：“死伤未收而弃之，不惠也；不待期而薄人于险㉚，无勇也。”乃止。秦师夜遁。复侵晋，入瑕。

城诸及郓，书，时也。

## 【注释】

①夫钟：邑名。郓：邑名。

②绝叔姬：断绝与叔姬的关系，即与叔姬离婚。

③大孙伯：即成大心。

④成嘉：孙伯的弟弟。

⑤群舒：舒，国名，其同宗异国有舒庸、舒蓼、舒鸠、舒龙、舒龚等，统称为诸舒。

⑥大器：大玉器。

⑦腆：音 tiǎn，丰厚，美好。

⑧徼：音 yāo，求取。

⑨执事：侍从左右供使令的人。

⑩节：信物。

⑪要：约。好命：友好之命。

⑫藉：以物衬垫。

⑬令狐之役在文公七年。

⑭羁马：晋邑。

⑮深：高，作动词。

⑯士会：本晋人，文公七年奔秦，此时为秦谋士。

⑰出：此指提拔。

⑱老：作动词，意为使疲乏失去战斗力。

⑲在：察。

⑳肆：袭击。

㉑掩：乘人不备而袭击。

㉒坐甲：坐不解甲。

㉓固敌是求：即固求敌。

㉔卿：赵穿虽不为军帅，但是卿位。

㉕交绥：双方军队刚一接触即各自撤退。绥：借为退。

㉖戒：告请。

㉗憖：音 yìn，损失。

㉘言肆：言语放纵。

㉙薄：迫。

㉚不待期：秦约明日战而晋军当夜就出击，所以说不

待期。

## 【译文】

十二年春天，郧伯去世。郧国人立了新君。太子把夫钟和郧邦两邑作为献礼而逃奔鲁国。文公按诸侯的规格迎接他，这是不合于礼的。所以《春秋》记载说："郧伯逃奔鲁国"，不记载奉献土地的事情，这是为了讳言文公失礼的事而把郧伯当做诸侯来尊重的缘故。

杞桓公来鲁国朝见，这是他第一次来朝见文公，同时请求与叔姬离婚但不断绝两国的婚姻关系，文公同意了。

二月，叔姬卒。《春秋》不写上"杞"字，是因为杞国和她已经断绝了关系。写明"叔姬"，是表示她已是出嫁女子。

楚国的令尹大孙伯卒，成嘉接任令尹。偃姓的各舒国背叛楚国。夏天，成嘉逮捕了舒国的君主平和宗国的君主，并乘机包围巢国。

秋天，滕昭公来鲁国朝见，也是首次前来朝见文公。

秦伯派西乞术前来访问，并且告知秦国准备攻打晋国。襄仲辞谢西乞术所送的玉，说："贵国国君没有忘记和先君的友好，光临鲁国，镇定安抚我们的国家，非常厚重地惠赠我们圭、璋大玉器，寡君不敢受玉！"西乞术回答说："不丰厚的一点玉器，不值得辞谢。"主人三次辞谢，客人回答说："寡君愿意向周公、鲁公祈求福禄以侍奉贵国国君。一点微薄的玉器，特派遣下臣奉送给各位执事，作为祥瑞的信物，缔结友好，用它来表达寡君的命令，联结两国的友好关系，所以才敢奉送！"襄仲说："如果没有君子，难道能治理好国家吗？秦国不是鄙陋的国家。"于是送给西乞术很贵重的礼物。

秦国为了令狐之役的缘故，冬天，秦伯发兵攻打晋国，夺取了羁马。晋人出兵抵抗。赵盾率领中军，荀林父辅佐他。郤缺率领上军，臾骈辅佐他。栾盾率领下军，胥甲辅佐他。范无恤为赵盾驾驭战车。在河曲迎击秦军。臾骈曰："秦军不能持久，请高筑壁垒巩固军营等着他们。"赵盾听从了。

秦军准备出战。秦伯对士会说："用什么办法作战？"士会回答说："赵盾新近提拔他的一位名叫臾骈的部下，一定是他提出的这个战术，打算使我军困怠。赵氏有一旁支的子弟叫赵穿，是晋君的女婿，年少而很受宠信，不懂得军事；喜好勇猛而又狂妄，又忌恨臾骈作为上军的辅佐。如果我们派出一批虽有勇力而不刚强的士兵去突袭上军，边战边退，也许可以引诱他们出来作战。"

秦伯把玉璧投入黄河，向河神祈求战争胜利。

十二月戊午日，秦军袭击晋军的上军，赵穿追赶秦军，没有追赶上。回来后，发怒说："装着粮食，披上甲胄，就是为了寻求敌人。敌人已经来到，又不去迎击，还打算等什么？"军吏说："将要有所等待啊。"赵穿说："我不懂得什么计谋，准备自己出击。"于是带着他的部下冲出军垒。赵盾说："秦军如果捉住赵穿，就是俘虏了一个卿。秦国带着胜利回去了，我用什么向晋国上下回报？"于是晋军全部出动作战，两军刚一交战就彼此退兵。

秦国的军使在夜间告诉晋军说："我们两国国君的将士都没有打个痛快，明天再见面吧。"臾骈说："秦军使者讲话时眼神不安，声音失常，这是害怕我们的表现，秦军打算逃走了。将他们逼到黄河岸边一定可以打败他们！"胥甲、赵穿挡住军门大声呼喊说："我们死伤的将士还没有收护，就把他们抛弃，这是不仁爱。不等到约定的期限而把别人逼到险要的地方加以打击，这是没有勇气。"于是停止出击。秦军夜里逃走。后来又侵袭晋国，进入瑕地。

鲁国在诸、郓两地筑城，《春秋》记载此事，是因为合于时令的缘故。

# 文公十三年

【原文】

（经）　十有三年春①，王正月。夏五月壬午，陈侯朔卒②。邾子蘧蒢卒。自正月不雨，至于秋七月。大室屋坏③。冬，公如晋。卫侯会公于沓④。狄侵卫。十有二月己丑，公及晋侯盟⑤。公还自晋。郑伯会公于棐⑥。

【注释】

①十有三年：公元前 614 年。

②陈侯：陈共公。未记其安葬事，因鲁国未去参加葬礼。

③大室：太庙之室。太庙为二层，屋上有屋，即重屋。此屋坏，指上层屋坏。

④卫侯：卫成公。沓：不详所在。

⑤晋侯：晋灵公。

⑥郑伯：郑穆公。棐：郑地，在今河南新郑市东。

**【译文】**

十三年春，周历正月。夏五月壬午，陈共公朔去世。邾文公蘧蒢去世。从正月起至秋七月，没有下雨。太庙正室屋顶毁坏。冬，文公去晋国。卫成公在沓地会见文公。狄人侵袭卫国。十二月己丑，文公与晋灵公结盟。文公从晋国回国。郑穆公在棐地会见文公。

**【原文】**

（传）　十三年春，晋侯使詹嘉处瑕，以守桃林之塞①。晋人患秦之用士会也，夏，六卿相见于诸浮②。赵宣子曰："随会在秦，贾季在狄，难日至矣③，若之何？"中行桓子曰："请复贾季，能外事，且由旧勋④。"郤成子曰："贾季乱，且罪大⑤，不如随会，能贱而有耻，柔而不犯⑥，其知足使也，且无罪⑦。"乃使魏寿余伪以魏叛者，以诱士会⑧。执其帑于晋，使夜逸⑨。请自归于秦⑩，秦伯许之。履士会之足于朝⑪。秦伯师于河西，魏人在东⑫。寿余曰："请东人之能与夫二三有司言者，吾与之先⑬。"使士会。士会辞曰："晋人，虎狼也⑭。若背其言，臣死，妻子为戮，无益于君，不可悔也[15]。"秦伯曰："若背其言，所不归尔帑者，有如河[16]。"乃行。绕朝赠之以策[17]，曰："子无谓秦无人，吾谋适不用也[18]。"既济，魏人噪而还[19]。秦人归其帑。其处者为刘氏[20]。

## 【注释】

①詹嘉：晋国大夫。处瑕：住在瑕邑，晋侯赐给他瑕邑，使守住瑕地。桃林之塞：即桃林塞，桃林是个险要地方。桃林塞，晋国地名。

②用士会：任用士会；如果士会辅佐强秦，必为晋之害。六卿：指晋国三军、三行之将，即其执晋国国政的人，如赵盾、荀林父、郤缺等人。诸浮：当是晋国都城城外的地方，为保密故，晋国六卿不在都城内密谋。

③随会：即士会。难日：祸难的日子。

④中行桓子：即荀林父。复：此招召回。外事：外边有事情。旧勋：有过去的功劳，指其父狐偃，在文公时有大功。

⑤郤成子：即郤缺。罪大：指擅自杀阳处父。

⑥能贱：此指能做到卑贱。有耻：有耻辱之心。

⑦其知：他的智谋。足使：足以使用。无罪：士会是被赵盾派至秦国迎公子雍的，后赵盾背其言，故士会奔秦是无罪的。

⑧魏寿余：毕万之后，此时为魏邑大夫。以魏叛者：率领魏地叛变的人。

⑨执其帑于晋，使夜逸：晋国假装拘禁魏寿余的妻子，让他夜里逃走，都是为了使秦人不疑魏寿余之投秦。

⑩自归于秦：把自己魏地归入秦国。自，指自己领地，即魏地。

⑪履：踩。朝：指秦国朝廷。

⑫师于河西：驻军在黄河西。在东：在黄河东。

⑬东人：东边人，指晋国人，不直说士会。夫二三有司：那边几位官员。

⑭虎狼也：是老虎豺狼，即不可信晋人。

⑮为戮：指被秦国杀戮，因士会妻子都在秦国。不可悔：即后悔不及。

⑯有如河：秦康公指河神为誓，即有河神为证，表示必送回士会的妻子。

⑰绕朝：秦国大夫。策：马鞭。暗喻士会加鞭速行之意。

⑱无谓秦无人：不要认为秦国没有人才。适不用：正好不被采用。绕朝已识破魏寿余之谋。

⑲噪（zào 灶）：喧哗，即吵吵嚷嚷。

⑳其处者：他的亲族留在秦国的人，指士会之子孙未回晋国仍居秦国的人。刘氏：即以刘为氏，故为刘氏。

## 【译文】

鲁文公十三年春天，晋灵公派晋大夫詹嘉住在瑕地，防守桃林这个险要地方。晋国人担心秦国任用士会，夏天，晋国六卿在诸浮相见。赵盾说："士会在秦国，贾季在狄人那里，祸难的日子到了，对他们怎么办？"荀林父说："请召回贾季，他懂得外边的事情，并且因为有过去的功劳。"郤缺说：“贾季好作乱，而且罪过大，不如让士会回来，他能做到卑贱而知道耻辱，柔和而不可侵犯，他的智谋足以使用，而且没有罪过。”于是就让魏寿余假装率领魏地叛变的人，诱骗士会。把魏寿余的妻子儿女拘留在晋国，让他夜里逃走。魏寿余请求把自己魏地归入秦国，秦康公答应了。魏寿余在朝廷上踩了一下士会的脚。秦康公驻军在河西，魏地人在河东。魏寿余说：“请派一位东边人而能跟那边几位官员说话的，我跟他一起先去。”秦康公派遣士会去。士会辞谢说：“晋国人，是老虎豺狼。如果违背他原来的话不让臣下回来，臣下死了，妻子被杀戮，对君王没有好处，后悔都来不及。”秦康公说：“如果晋国违背原来的话不让你回来，我不送还你的妻子儿女，有河神为证。”士会就走了。秦大夫绕朝把马鞭送给他，说：“您不要认为秦国没有人才，我的计谋正好不被采用罢了。”渡过黄河以后，魏地人吵吵嚷嚷而回去了。秦国人送还士会的妻子儿女。士会的子孙留在秦国的就是刘氏。

## 【原文】

邾文公卜迁于绎①。史曰：“利于民而不利于君。”邾子曰：“苟利于民，孤之利也。天生民而树之君，以利之也②。民既利矣，孤必与焉。”左右曰：“命可长也，君何弗为？”邾子曰：“命在养民。死之短长，时也。民苟利矣，迁也，吉莫如之③！”遂迁于绎。五月，邾文公卒。君子曰：“知命。”

秋七月，大室之屋坏，书不共也④。

冬，公如晋，朝，且寻盟。卫侯会公于沓⑤，请平于晋。公还，郑伯会公于棐⑥，亦请平于晋。公皆成之。

郑伯与公宴于棐。子家赋《鸿雁》⑦。季文子曰⑧："寡君未免于此。"文子赋《四月》⑨。子家赋《载驰》之四章⑩，文子赋《采薇》之四章⑪。郑伯拜，公答拜。

## 【注释】

①邾（zhū 朱）文公：邾国国君，在位五十二年。迁：指迁移国都。绎（yì 易）：邾国邑名（在今山东邹县东南）。

②天生民：上天生育百姓。树之君：给他们设置国君。利之：给他们利益。

③吉莫如之：没有比它再吉利了。

④大室：太庙之室，即周公之庙。屋：一说太庙正室的屋顶，一说太庙上之室，即屋上之室。不共：不恭敬，指臣下的不恭敬。

⑤沓（tà 挞）：卫国地名（今地不详）。

⑥棐（fěi 匪）：郑国地名（在今河南新郑市东）。

⑦子家：即公子归生，郑国大夫。《鸿雁》：郑国以鳏寡自比，想让鲁文公怜惜它。

⑧季文子：又称季孙，季孙行父，鲁国大夫。

⑨《四月》：季文子取诗中行役逾时，思归祭祀，文公不想还晋之义。

⑩《载驰》：许穆夫人所作。子家取小国有急，想让大国救助之义。

⑪《采薇》：季文子向郑国表示，不敢安居，即文公愿从中求成。

## 【译文】

邾文公为了迁都到绎地而占卜吉凶。史官说："对百姓有利而对国君不利。"邾文公说："如果对百姓有利，也就是我的利益。上天生育百姓并为他们设置君主，就是用来给他们利益的。百姓既然得到利益了，我一定也在其中。"左右随从说："寿命是可以延长的，君王为什么不去做？"邾文公说："活着就是为了抚养百姓。而死的早晚，是命运决定的。百姓如果有利，就迁都，没有比这再吉利的了！"于是就迁都到绎地。这年五月，邾文公死。君子说："邾子知道天命。"

秋季七月，太庙正屋的屋顶倒塌，《春秋》记载是表示臣下的不恭敬。

冬天，鲁文公到晋国，朝见，并且重温过去的同盟友好关系。卫成公在沓地会见鲁文公，请求和晋国媾和。鲁文公回国时，郑穆公在棐地会见文公，也请求和晋国媾和。鲁文公都帮助他们和晋国达成和议。

郑穆公和鲁文公在棐地饮宴。子家赋了《诗经》中《鸿雁》这首诗。季文子说："寡君也不能免于这种处境。"季文子赋了《诗经》中《四月》这首诗。子家赋了《诗经》中《载驰》这首诗的第四章，季文子赋了《诗经》中《采薇》这首诗的第四章。郑穆公拜谢，鲁文公答拜。

# 文公十四年

**【原文】**

（经） 十有四年春，王正月，公至自晋。邾人伐我南鄙，叔彭生帅师伐邾。夏五月乙亥，齐侯潘卒。六月，公会宋公、陈侯、卫侯、郑伯、许男、曹伯、晋赵盾。癸酉，同盟于新城①。秋七月，有星孛入于北斗②。公至自会。晋人纳捷菑于邾，弗克纳③。九月甲申，公孙敖卒于齐。齐公子商人弑其君舍④。宋子哀来奔⑤。冬，单伯如齐⑥。齐人执单伯。齐人执子叔姬⑦。

**【注释】**

①新城：宋地，在今河南省商丘市西南。

②孛（bèi）：彗星也。星孛入于北斗：彗星穿过北斗星区间。

③捷菑：邾公子。弗克纳：未完成纳之为君之事。

④公子商人：齐桓公子，密姞所生。

⑤子哀：子哀为高哀之字，宋国萧之封人。

⑥单伯：周王卿士。

⑦子叔姬：鲁女，齐昭公夫人，太子舍生母。

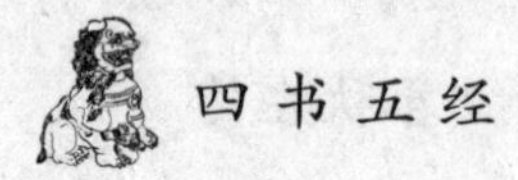



## 【译文】

十四年春，周历正月，公由晋回国。邾人侵伐我南部边境。叔彭生帅师讨伐邾军。夏五月二十三日，齐国君主潘死。六月，鲁公会见宋公、陈侯、卫侯、郑伯、许男、曹伯、晋赵盾。二十七日，共同在新城结盟。秋七月，有彗星穿过北斗星区间。公由盟会返国。晋人护送邾公子捷菑回邾即位，未能为邾人接纳。九月十日，公孙敖死于齐国。齐国公子商人杀死其君舍。宋国子哀来鲁投奔。冬，周卿士单伯去齐国。齐人捉起单伯。齐人捉起子叔姬。

## 【原文】

（传）　十四年春，顷王崩。周公阅与王孙苏争政，故不赴。凡崩、薨，不赴则不书。祸、福，不告亦不书。惩不敬也。

邾文公之卒也，公使吊焉，不敬。邾人来讨，伐我南鄙，故惠伯伐邾。

子叔姬妃齐昭公[①]，生舍。叔姬无宠，舍无威。公子商人骤施于国[②]，而多聚士，尽其家，贷于公有司以继之[③]。夏五月，昭公卒，舍即位。

邾文公元妃齐姜生定公，二妃晋姬生捷菑。文公卒，邾人立定公，捷菑奔晋。

六月，同盟于新城，从于楚者服，且谋邾也。

秋七月乙卯夜，齐商人弑舍而让元[④]。元曰：“尔求之久矣。

我能事尔，尔不可使多蓄憾⑤。将免我乎，尔为之。"

有星孛入于北斗⑥，周内史叔服曰："不出七年，宋、齐、晋之君皆将死乱⑦。"

晋赵盾以诸侯之师八百乘纳捷菑于邾。邾人辞曰："齐出貜且长⑧。"宣子曰："辞顺而弗从，不祥。"乃还。

周公将与王孙苏讼于晋，王叛王孙苏，而使尹氏与聃启讼周公于晋⑨。赵宣子平王室而复之。

楚庄王立，子孔、潘崇将袭群舒，使公子燮与子仪守，而伐舒蓼。二子作乱⑩，城郢而使贼杀子孔，不克而还。八月，二子以楚子出⑪，将如商密⑫。庐戢梨及叔麇诱之⑬，遂杀斗克及公子燮⑭。

初，斗克囚于秦，秦有殽之败，而使归求成。成而不得志，公子燮求令尹而不得，故二子作乱。

穆伯之从己氏也⑮，鲁人立文伯⑯。穆伯生二子于莒而求复，文伯以为请。襄仲使无朝。听命，复而不出，三年而尽室以复适莒⑰。文伯疾而请曰："穀之子弱⑱，请立难也⑲。"许之。文伯卒，立惠叔。穆伯请重赂以求复，惠叔以为请，许之。将来，九月卒于齐。告丧，请葬，弗许。

宋高哀为萧封人⑳，以为卿，不义宋公而出，遂来奔。书曰："宋子哀来奔。"贵之也。

齐人定懿公，使来告难，故书以九月。

齐公子元不顺懿公之为政也，终不曰"公"，曰"夫己氏㉑"。

襄仲使告于王，请以王宠求昭姬于齐㉒。曰："杀其子，焉用其母？请受而罪之。"冬，单伯如齐㉓，请子叔姬，齐人执之。又执子叔姬。

## 【注释】

①妃：同"配"。

②公子商人：齐桓公夫人密姬之子。骤施于国：多次在国内施舍财物。骤，屡。

③公有司：指掌管公室财物的官员。

④元：即惠公，为齐桓公夫人所生，商人之兄。

⑤蓄憾：积蓄怨恨。

⑥孛：即彗星，俗称扫帚星。北斗：在北天排列成斗形的七颗亮星，其名称是一天枢，二天璇，三天玑，四天权，五玉衡，六开阳，七瑶光。

⑦死乱：死于祸乱。

⑧齐出：齐女所生。貜且：即定公。长：年长。

⑨尹氏：周卿士。聃启：周大夫。讼周公：为周公诉冤求理。

⑩二子：指公子燮与子仪。

⑪以：挟持。

⑫商密：楚地名，在今河南省淅川县西。

⑬庐戢梨、叔麋：二人名，庐大夫。

⑭斗克：即子仪。

⑮穆伯：即公孙敖。

⑯文伯：穆公之子，名穀。

⑰尽室：尽其家室。

⑱弱：幼弱。

⑲难：穆伯之子，文伯之弟。

⑳萧：宋邑名，详见庄公十二年传注。

㉑夫已氏：即那个人。已，读如"其"。

㉒昭姬：即子叔姬。

㉓单伯：周卿士。

## 【译文】

十四年春季，周顷王去世。周公阅和王孙苏争夺政权，因此没有给鲁国发讣告。凡是天子"驾崩"，诸侯"薨"，不给鲁国发讣告，《春秋》就不予记载。遇到灾祸或喜庆之事，只要不通知鲁国，《春秋》也不加记载。这是对不尊重鲁国的惩罚。

邾文公去世时，鲁文公派人前去吊唁，使者不够恭敬。邾国人就发兵攻打鲁国南部边境，因此惠伯攻打邾国。

子叔姬嫁给齐昭公后，生了儿子舍。叔姬不受宠爱，人们就不怕公子舍。公子商人多次在国内施舍钱财，还招纳了很多门客，把家产都用尽了，又向掌管公室财物的官员借了很多债，继续施舍。夏季五月，昭公去世，公子舍即位。

邾文公的原配齐姜生了定公，第二个妻子生了捷菑。文公去世后，邾国人立了定公为君，捷菑逃亡到了晋国。

六月，鲁文公在新城和宋昭公、陈灵公、卫成公、郑穆公、许男、曹文公以及晋国的赵盾结盟，因为跟随楚国的陈、郑、宋三国又顺服了晋国，同时商量了帮助捷菑返回邾国的问题。

秋季七月某日夜里，齐国的公子商人杀了舍，让元出任

鬼谷子像

国君。元说："你想做国君已经很久了。我可以事奉你，但你不能事奉我。否则，你将对我产生许多怨恨。到那时，你还能不杀我吗？还是你来做国君吧！"

鲁国发现了彗星进入北斗星附近，周朝内史叔服预测说："不用七年时间，齐、宋、晋三国国君都将死于叛乱。"

晋国的赵盾率领诸侯联军的八百辆战车护送捷菑回到了邾国。邾国人辞谢说："齐女所生的貜且年长。"赵盾说："有道理，如果不听，就不吉祥。"于是就率军离开了邾国。

周公准备和王孙苏到晋国争辩是非曲直，周匡王违背了当初要帮助王孙苏的诺言，派尹氏和聃启到晋国为周公辩护。赵盾调解了王室的纠纷，使他们各复其位。

楚庄王即位后，子孔、潘崇准备袭击群舒，派公子燮和子仪留守国内，自己攻打舒蓼。公子燮和子仪在国内作乱，加强了郢都的城防，并派人刺杀子孔，没有成功。八月，二人挟持楚庄王离开国都，准备到商密去。庐戢梨和叔麋诱杀了子仪和公子燮。

当初，子仪被囚禁在秦国时，恰遇秦国在殽地之战中失败，秦国派他回晋国求和。两国讲和之后，子仪的要求没有得到满足，公子燮想当令尹也没能如愿，因此二人发动了叛乱。

穆伯为求己氏到莒国后，鲁国人立了文伯为继承人，穆伯在莒国生了两个儿子，又要求返回鲁国，并让文伯代为请求，襄仲让他回国后不得上朝参与政事。穆伯同意，回国后再也没有出来过，三年后又举家迁往莒国。此时文伯患病，请求说："我的儿子尚且年幼，请立我的弟弟难吧。"鲁国人同意了。文伯死后，就立了惠叔。此后穆伯又想回到鲁国，并送了重礼，让惠叔替他请求，得到了允许。准备动身时，九月死在齐国。报告了丧事，并请求归葬鲁国，没有得到同意。

宋国的高哀镇守萧地时，被提升为卿，他认为宋昭公不讲道义，就离开宋国逃亡到鲁国。《春秋》记载为"宋子哀来奔"，是表示对他的尊重。

齐国人在安定了齐懿公之后，才派人来通报杀掉公子舍的事情，《春秋》把这一事件归入"九月"。

齐国的公子元对懿公执政很不服气，始终不称他为"公"，而是称"那个人。"

襄仲派人向天子报告，请求以天子的名义向齐国求取子叔姬，说："既然杀了他的儿子舍，又哪里用得着母亲？请把她送回鲁国惩治。"冬季，王室卿士单伯到齐国求取子叔姬，齐国人把他抓了起来。同时把子叔姬也抓了起来。

# 文公十五年

【原文】

（经）　十有五年春①，季孙行父如晋。三月，宋司马华孙来盟②。夏，曹伯来朝③。齐人归公孙敖之丧。六月辛丑朔，日有食之。鼓，用牲于社。单伯至自齐。晋郤缺帅师伐蔡。戊申，入蔡。秋，齐人侵我西鄙。季孙行父如晋。冬十有一月，

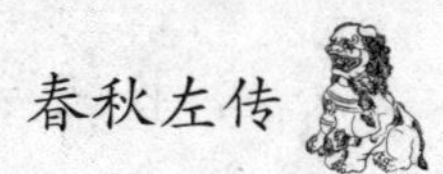

诸侯盟于扈④。十有二月，齐人来归子叔姬。齐侯侵我西鄙⑤，遂伐曹，入其郛。

**【注释】**

①十有五年：公元前 612 年。

②华孙：名耦，华为氏。

③曹伯：曹文公。

④扈：地名。

⑤齐侯：齐懿公。

**【译文】**

十五年春，季孙行父去晋国。三月，宋司马华孙来我国结盟。夏，曹文公来我国朝见。齐国人送回公孙敖的灵柩。六月辛丑朔，发生日食。击鼓，用牺牲祭祀社神。单伯从齐国来我国。晋郤缺率领军队攻打蔡国。戊申，攻入蔡国。秋，齐国人侵袭我国西部边境。季孙行父去晋国。冬十一月，诸侯在扈地结盟。十二月，齐国人把子叔姬送回我国。齐懿公侵袭我国西部边境，于是攻打曹国，进入曹都外城。

**【原文】**

（传）　十五年春，季文子如晋，为单伯与子叔姬故也。三月，宋华耦来盟，其官皆从之。书曰"宋司马华孙"，贵之也。公与之宴，辞曰："君之先臣督①，得罪于宋殇公，名在诸侯之策。臣承其祀，其敢辱君，请承命于亚旅②。"鲁人以为敏。

夏，曹伯来朝，礼也。诸侯五年再相朝，以修王命，古之制也。齐人或为孟氏谋③，曰："鲁，尔亲也。饰棺置诸堂阜④，鲁必取之。"从之。卞人以告。惠叔犹毁以为请，立于朝以待命。许之，取而殡之。齐人送之。书曰："齐人归公孙敖之丧。"为孟氏，且国故也。葬视共仲。声己不视⑤，帷堂而哭⑥。襄仲欲勿哭，惠伯曰："丧，亲之终也。虽不能始，善终可也。史佚有言曰：'兄弟致美。救乏、贺善、吊灾、祭敬、丧哀，情虽不同，毋绝其爱，亲之道也。'子无失道，何怨于人？"襄仲说，帅兄弟以哭之。他年，其二子来。孟献子爱之⑦，闻于国。或谮之曰："将杀子。"献子以告季文子。二子曰："夫子以爱我闻，我以将杀子闻，不亦远于礼乎？远礼不如死！"一人门于句鼆⑧，一人门于戾丘⑨，皆死。六月辛丑朔，日有食之。鼓，用牲于社，非礼也。日有食之，天子不举，伐鼓于社，诸侯用币于社，伐鼓于朝，以昭事神、训民、事君，示有等威⑩，古之道也。齐人许单伯请而赦之，使来致命。书曰"单伯至自齐"，贵之也。新城之盟，蔡人不与。晋郤缺以上军、下军伐蔡，曰："君弱，不可以怠。"戊申，入蔡，以城下之盟而还。凡胜国，曰"灭之"；获大城焉，曰"入之"。

秋，齐人侵我西鄙，故季文子告于晋。

冬十一月，晋侯、宋公、卫侯、蔡侯、陈侯、郑伯、许男、曹伯盟于扈，寻新城之盟，且谋伐齐也。齐人赂晋侯，故不克而还。于是有齐难，是以公不会。书曰"诸侯盟于扈"，无能为故也。凡诸侯会，公不与，不书，讳君恶也。

与而不书，后也。齐人来归子叔姬，王故也。齐侯侵我西鄙，谓诸侯不能也。遂伐曹，入其郛，讨其来朝也。季文子曰："齐侯其不免乎？己则无礼，而讨于有礼者，曰：'女何故行礼？'礼以顺天，天之道也，己则反天，而又以讨人，难以免矣。诗曰：'胡不相畏，不畏于天？'君子之不虐幼贱，畏于天也。在周颂曰：'畏天之威，于时保之。'不畏于天，将何能保？以乱取国，奉礼以守，犹惧不终，多行无礼，弗能在矣[11]！"

## 【注释】

①督：即华督。华耦的祖父。

②亚旅：官名，上大夫。

③孟氏：鲁公孙敖的家族，称孟氏。

④堂阜：地名在齐鲁两国交界处。

⑤声己：公孙敖的次妻，惠叔之母。

⑥帷堂：古时，人死后尸体放置堂中小敛，四周围帷幕，叫帷堂。

⑦孟献子：文伯谷之子仲孙蔑。

⑧句繇：鲁国邑名。

⑨戾丘：鲁国邑名。

⑩等威：威仪之等差。

⑪弗能在矣：不能善终了。

## 【译文】

鲁文公十五年春天，季文子去晋国，为了单伯和子叔姬的缘故。三月，宋国的华耦前来盟会，他的属下也都跟他一同前来。《春秋》称其为"宋司马华孙"，是表示尊重他。文公和他饮宴，华耦辞谢说："君王的先臣华督得罪了宋殇公，他的名字被写在诸侯的史册上。下臣继承的祭祀，岂敢使君王蒙受耻辱？请在亚旅接受命令。"鲁国人认为华耦聪明敏捷。

夏天，曹伯前来朝见，这是合于礼的。诸侯每五年互相朝见两次，以重温天子的命令，这是古代的制度。齐国有人为孟氏策划说："鲁国是你的亲属国，把公孙敖的饰棺放在堂阜，鲁国必定会去取的。"孟氏听从了。卞邑大夫把这事做了报告。惠叔一直很哀伤，他容颜消瘦，请示运回棺材，站在朝廷上等待命令。鲁国答应这一请求，于是取回饰棺停放。齐国也来送丧。《春秋》记载说："齐人归公孙敖之丧。"这是为了孟氏世为鲁卿，又是鲁国公族的缘故。公孙敖的葬礼按照安葬共仲的葬礼进行。声己不肯去看棺材，只在堂上隔着幔帐哭。襄仲也不想去哭丧。惠伯说："丧事，是对待亲人的终结。虽不能有个好的开始，有个好的终结是可以的。史佚有这样的话说：'兄弟之间要各自尽自己的美德。救济困乏，祝贺喜庆，吊唁灾祸，祭祀恭敬、丧事悲哀，这些情况各不相同，但都旨在不断绝彼此之间的友爱。'你无失道，又何怨恨别人呢？"襄仲听了这话很高兴，就领着兄弟一起去哭丧。后来，穆伯在莒国的两个儿子回来，孟献子喜欢他们的事全国都知道，有人对孟献子说："这两个人打算杀害你。"孟献子把这话告诉了季文子。这两个人辩解说："那个人以爱我们闻名，我们以打算杀他而闻名，这不是远远不符合礼吗？不符合礼还不如一死。"一个在句鼅守门，一人在庚丘守门，后来都阵亡了。六月一日，日食。人们击鼓，用牺牲在土地庙里祭祀，这是不合于礼的。日食，天子减善撤乐，在土地神庙里击鼓，诸侯用玉帛在土地神庙里祭祀，在朝廷击鼓，以表明侍奉神灵，教训百姓、侍奉国君，表示威仪有一定的等级，这是古代的制度。齐国人答应了单伯要子叔姬回国的请求同时也赦免了单伯，并让他到鲁国通报这一决定。《春秋》记载说"单伯至自齐"，这是表示尊重他。在新城盟会时，蔡国人没参加。晋国的郤缺率领上军、下军攻打蔡国，说："国君年少，不能因此懈怠。"六月八日，进入蔡国，在蔡国首都门下订立了盟约之后回国。凡是战胜一个国家，叫做"灭之"；得到大城，叫做"入之"。

秋天，齐军侵犯我国西部边境，所以季文子向晋国报告。

冬十一月，晋侯、宋公、卫侯、蔡侯、郑伯、许男、曹伯在扈地结盟，重温新城盟会的旧好，同时谋划攻打齐国。齐国人贿赂晋侯，所以没有战胜就撤兵了。当时因齐国正侵犯我国西部边境，因此鲁文公没有去参加盟会。《春秋》记载为"诸侯盟于扈"，表示诸侯没有能够解救鲁国。凡是诸侯会见，如果鲁国君主不参加，就不加记载，这是为了避讳国君的过失。参加了如果不加记载，是由于晚到。齐国人前来送回子叔姬，这是为了周天子的缘故。齐侯侵犯我国西部边境，他认为诸侯拿他没办法。并因此而攻打曹国，进入了曹国的外城，这是讨伐它曾经前来鲁国朝见。季文子说："齐侯恐怕难以免除祸难吧！自己本来就不合乎礼，反而讨伐有

杀崔杼庆封独相



杀崔杼庆封独相

礼的国家，还说：'你为什么去鲁国朝见？'礼是用来顺乎天意的，这是替天行道。自己违背天意，却以此来讨伐别国，因此必然灾祸难免。《诗经》说：'为何不互相畏惧，因为不畏惧上天。'君子之所以不虐待弱小和卑贱，这是因为畏惧上天。在《周颂》里说：'惧怕上天的威严，因此而能保有福禄。'如果不怕上天，又能保得住什么？依靠动乱取得政权国家，奉行礼来保持君位，还害怕不得善终，多做不合礼的事情，就不能有好日，就更难保全善终了。"

# 文公十六年

**【原文】**

（经） 十有六年春，季孙行父会齐侯于阳穀，齐侯弗及盟①。夏五月，公四不视朔②。六月戊辰，公子遂及齐侯盟于郪丘③。秋八月辛未，夫人姜氏薨④。毁泉台⑤。楚人、秦人、巴人灭庸⑥。冬十有一月，宋人弑其君杵臼。

**【注释】**

①及：与。

②视朔：古代天子和诸侯于每月初一祭告于明堂和祖庙后听政，叫视朔。

③郪：音 qī。郪丘：齐地。

④姜氏：僖公夫人，文公母。

　　⑤泉台：即郎台。郎为鲁国南郊之邑，庄公三十一年春于此地筑台。

　　⑥庸：国名。

## 【译文】

　　十六年春，季孙行父在阳穀与齐侯盟会，齐侯没有参加会盟。夏五月，文公有四次没有在朔日听政。六月四日，公子遂和齐侯在郪丘盟会。秋八月八日，僖公夫人姜氏死。捣毁泉台。楚人、秦人、巴人灭掉庸国。冬十一月，宋人杀了他们的君主杵臼。

## 【原文】

　　（传）　十六年春，王正月，及齐平。公有疾，使季文子会齐侯于阳穀。请盟，齐侯不肯，曰："请俟君间①。"

　　夏五月，公四不视朔，疾也。公使襄仲纳赂于齐侯，故盟于郪丘。

　　有蛇自泉宫出②，入于国，如先君之数。

　　秋八月辛末，声姜薨，毁泉台。

　　楚大饥，戎伐其西南，至于阜山③，师于大林④。又伐其东南，至于阳丘⑤，以侵訾枝⑥。庸人帅群蛮以叛楚⑦，麇人率百濮聚于选⑧，将伐楚。于是申、息之北门不启⑨。楚人谋徙于阪高⑩。蒍贾曰："不可。我能往，寇亦能往。不如伐庸。夫麇与百濮，谓我饥不能师，故伐我也。若我出师，必惧而归。百濮离居，将各走其邑，谁暇谋人？"乃出师。旬有五日，百濮乃罢。

自庐以往⑪，振廪同食⑫。次于句澨⑬。使庐戢梨侵庸，及庸方城⑭。庸人逐之，囚子扬窗。三宿而逸，曰："庸师众，群蛮聚焉，不如复大师，且起王卒，合而后进。"师叔曰："不可。姑又与之遇以骄之。彼骄我怒，而后可克，先君蚡冒所以服陉隰也⑮。"又与之遇，七遇皆北，唯裨、鯈、鱼人实逐之⑯。

庸人曰："楚不足与战矣。"遂不设备。楚子乘驲⑰，会师于临品⑱，分为二队：子越自石溪，子贝自仞，以伐庸。秦人、巴人从楚师，群蛮从楚子盟，遂灭庸。

宋公子鲍礼于国人，宋饥，竭其粟而贷之。年自七十以上，无不馈诒也，时加羞珍异。无日不数于六卿之门。国之材人，无不事也；亲自桓以下，无不恤也。公子鲍美而艳，襄夫人欲通之，而不可，乃助之施。昭公无道，国人奉公子鲍以因夫人。

于是，华元为右师，公孙友为左师，华耦为司马、鳞鳠为司徒，荡意诸为司城，公子朝为司寇。初，司城荡卒，公孙寿辞司城，请使意诸为之。既而告人曰："君无道，吾官近，惧及焉。弃官，则族无所庇。子，身之贰也⑲，姑纾死焉。虽亡子，犹不亡族。"

既，夫人将使公田孟诸而杀之。公知之，尽以宝行。荡意诸曰："盍适诸侯？"公曰："不能其大夫至于君祖母以及国人，诸侯谁纳我？且既为人君，而又为人臣，不如死。"尽以其宝赐左右而使行。夫人使谓司城去公，对曰："臣之而逃其难，若后君何？"

冬十一月甲寅，宋昭公将田孟诸，未至，夫人王姬使帅甸攻而杀之。荡意诸死之。书曰："宋人弑其君杵臼。"君无道也。文公即位，使母弟须为司城。华耦卒，而使荡虺为司马。

## 【注释】

①请俟君间：间，病愈。请等鲁君病好再说吧。

②泉宫：在都城南郊。

③阜山：楚邑，在今湖北省房县南一百五十里。

④大林：楚邑，在今湖北省荆门市西北。

⑤阳丘：楚地，所在不详。

⑥訾枝：楚邑，在今湖北省枝江市。

⑦群蛮：散居在湖北境内与庸国邻近的蛮夷部族。

⑧百濮：濮为古族名，其部落散居在江、汉之南，尚未形成统一国家。百濮即这些部落的统称，此百濮当在今湖北省石首市附近。选：楚地，在今湖北省枝江市境。

⑨申、息原本为国，后为楚灭，并为北部二县，是楚与中原各国争霸的出入重镇。

⑩阪高：楚之险要之地，可能即为湖北省当阳市东北之长坂。

⑪庐：楚邑，在今湖北省南漳县东五十里。

⑫振：散发也。

⑬句澨：楚之西界地名，当在今湖北省境内。

⑭庸方城：与楚方城为二地，在今湖北省竹山县东南。

⑮陉隰：地名，在湖北省山陵县东，多山溪之险，故名。

陉隰原本为国，后为蚡征服。

⑯裨、儵、鱼：可能是群蛮中三个部落名。裨、儵所在已不可考，鱼地当在今重庆市奉节县东五里。

⑰驲：古代驿站专用的传车。楚王乘传车是为了尽快赶赴前敌，抓往战机。

⑱临品：楚地，在今湖北省均县境。

⑲身之贰：儿子是自身的替代者。

## 【译文】

十六年春季，周历正月，鲁国与齐国议和。文公生病，派季文子和齐懿公在阳穀会见。季文子请求盟誓，齐懿公不肯，说："请等贵国国君病好了再行盟誓吧。"

夏五月，文公四次没有在朔日听政，这是由于生重病的缘故。文公派襄仲向齐懿公馈送财礼，所以就在郪丘结盟。

有蛇从泉宫出来，进入国都，共十七条，和先君的数目一样。秋八月初八日，声姜死，因此拆毁了泉台。

楚国发生大饥荒，戎人攻打它的西南部，到达阜山，军队驻扎在大林。又进攻它的东南部，到达阳丘，以进攻訾枝。庸国人率领蛮人们背叛楚国，麇国人率领百濮聚集在选地，准备攻打楚国。在这时候，申地、息地的北门不再开启。

楚国人商量迁到阪高去，蒍贾说："不行。我们能去，敌人也能去，不如攻打庸国。麇国和百濮，认为我们遭受饥荒而不能出兵，所以攻打我们。如果我们出兵，他们必然害怕而回去。百濮散居各处，将会各回各的地方，谁还有空来

卢蒲癸计逐庆封

打别人的主意？”于是就出兵，过了十五天，百濮就罢兵回去了。

楚军从庐地出发以后，每到一地就打开仓库让将士一起食用。军队驻扎在句澨。派庐戢梨进攻庸国，到达庸国的方城。庸国人赶走楚军，囚禁了子扬窗。过了三晚上，子扬窗逃跑回来，说：“庸国的军队人数众多，蛮人们聚在那里，不如再发大兵，同时出动国君的直属部队，合兵以后再进攻。”师叔说：“不行。姑且再跟他们交战使他们骄傲。他们骄傲我们奋发，然后就可以战胜，先君蚡冒就是这样使陉隰归服的。”楚军又和他们接战，七次接战都败走，蛮人中只有裨、儵、鱼人追赶楚军。庸国人说：“楚国不足以一战了。”就不再设防。楚庄王乘坐驿站的传车，在临品和前方部队会师，把军队分做两队：子越从石溪出发，子贝从仞地出发，以进攻庸国。秦军、巴军跟随着楚军，蛮人们服从楚王，和他结盟，于是就把庸国灭亡了。

宋国的公子鲍对国人加以优礼，宋国发生饥荒，把粮食全部拿出来施舍。对年纪在七十岁以上的，没有不送东西的，还按时令加送珍贵的食品。没有一天不进出六卿的大门。对国内有才能的人，没有不加事奉的；对亲属中从桓公以下的子孙，没有不加周济的。公子鲍漂亮而且艳丽，襄夫人要和他私通，公子鲍不肯，襄夫人就帮助他施舍。宋昭公无道，国内的人们事奉公子鲍以依附襄夫人。

当时，华元做右师，公子友做左师，华耦做司马、鳞鱹做司徒，荡意诸做司城，公子朝做司寇。当初，司城荡死了，公子寿辞掉司城的官职，求让荡意诸担任。后来告诉别人说：

"国君无道，我的官位接近国君，很怕祸患引到身上。如果丢掉官职不干，家族就无所庇护。儿子，是我的代表，姑且由他代替我让我晚点死去。这样，虽然丧失儿子，还不至于丧失家族。"不久以后，襄公夫人准备让宋昭公在孟诸打猎而乘机杀死他。宋昭公知道以后，带上了全部珍宝而出行。荡意诸说："何不到诸侯那里去？"宋昭公说："得不到自己的大夫至于君祖母以及人们的信任，诸侯谁肯接纳我？而且已经做了别人的君主，再做别人的臣下，不如死了好。"昭公把他的珍宝全部赐给左右侍从，而让他们离去。

襄公夫人派人告诉司城荡意诸离开宋昭公，司城回答说："做他的臣下，而又躲开他的祸难，怎么能事奉以后的国君呢？"

冬十一月二十二日，宋昭公准备去孟诸打猎，没有到达，襄公夫人王姬派遣帅甸进攻并杀死了他，荡意诸为此死了。《春秋》记载说"宋人弑其君杵臼"，就是由于国君无道。

宋文公即位，派母亲的弟弟须做了司城。华耦死后，派荡虺做了司马。

# 文公十七年

【原文】

（经）　十有七年春，晋人、卫人、陈人、郑人伐宋。

夏四月癸亥，葬我小君声姜，齐侯伐我西鄙。六月癸未，公及齐侯盟于穀。诸侯会于扈。秋，公至自穀。冬，公子遂如齐。

## 【译文】

十七年春，晋人、卫人、陈人、郑人联合征伐宋国。夏四月四日，安葬君夫人声姜。齐侯攻伐鲁西部边境。六月二十五日，鲁公与齐侯在穀地结盟。诸侯在扈地集会。秋，鲁公由穀返国。冬，公子遂去齐国。

## 【原文】

（传） 十七年春，晋荀林父、卫孔达、陈公孙宁、郑石楚伐宋，讨曰："何故弑君！"犹立文公而还。卿不书，失其所也①。

夏四月癸亥②，葬声姜。有齐难，是以缓。

齐侯伐我北鄙。襄仲请盟。六月，盟于穀。

晋侯蒐于黄父③，遂复合诸侯于扈，平宋也。公不与会，齐难故也。书曰"诸侯"，无功也④。

于是，晋侯不见郑伯，以为贰于楚也。郑子家使执讯而与之书⑤，以告赵宣子，曰："寡君即位三年，召蔡侯而与之事君。九月，蔡侯入于敝邑以行。敝邑以侯宣多之难⑥，寡君是以不得与蔡侯偕⑦。十一月，克减侯宣多而随蔡侯以朝于执事⑧。十二年六月⑨，归生佐寡君之嫡夷⑩，以请陈侯于楚而朝诸君。十四年七月，寡君又朝，以蒇陈事⑪。十五年五月，陈侯自敝邑往朝于君。往年正月，烛之武往朝夷也[12]。八月，寡君又往朝。以陈、蔡之密迩于楚而不敢贰焉[13]，则敝邑之故也。虽敝邑之事君，何以不免？在位之中，一朝于襄[14]，而再见于君[15]。夷于孤之二三臣相及于绛[16]，虽我小国，则蔑以过之矣[17]。今大国曰：'尔未逞吾志。'敝邑有亡[18]，无以加焉。"

"古人有言曰：'畏首畏尾，身其余几[19]。'又曰：'鹿死不择音[20]。'小国之事大国也，德，则其人也；不德，则其鹿也；铤而走险，急何能择？命之罔极[21]，亦知亡矣。将悉敝赋以待于儵[22]，唯执事命之。"

"文公二年六月壬申[23]，朝于齐。四年二月壬戌，为齐侵蔡，亦获成于楚。居大国之间而从于强令[24]，岂其罪也？大国若弗图[25]，无所逃命。"

晋巩朔行成于郑[26]，赵穿、公壻池为质焉[27]。

秋，周甘歜败戎于邥垂[28]，乘其饮酒也。

冬十月，郑大子夷、石楚为质于晋[29]。

襄仲如齐，拜榖之盟。复曰："臣闻齐人将食鲁之麦。以臣观之，将不能。齐君之语偷[30]。臧文仲有言曰：'民主偷必死[31]。'"

【注释】

①失其所：丧失其立场。

②癸亥：初四日。

③黄父：晋地名，在今山西省翼城县东北。

④无功：无成效。

⑤执讯：通讯官。

⑥侯宣多之难：事见僖公三十年传。

⑦偕：同行。

⑧克减：灭绝。

⑨十二年：指郑穆公十二年，即鲁文公十一年。

⑩归生：子家名。夷：太子名，即郑穆公之子郑灵公。

⑪蒇（chǎn）陈事：完成陈国的事情。

⑫朝夷：使夷朝见晋。朝，使动用法。

⑬密迩：紧密连接。

⑭襄：指晋襄公。

⑮君：指晋灵公。

⑯孤：小国之君称孤。相及：一个接一个。

⑰蔑：无。

⑱有亡：只有被灭亡掉。

⑲身其余几：身体剩余多少。

⑳音：鸣叫声。

㉑命之罔极：命令没有准则，即反复无常。

㉒敝赋：敝国的军备。儵：地名，在晋、郑边境处。

㉓壬申：二十日。

㉔从：屈服。强令：强加的命令。

㉕弗图：不考虑我们的处境。

㉖巩朔：晋大夫，即巩伯，又称士庄伯。

㉗公壻池：人名。

㉘甘歜（chǔ）：周大夫。邥（shěn）垂：周地名，在今河南省洛阳市南。

㉙石楚：郑大夫名。

㉚偷：苟且。

㉛民主：百姓的主人。

## 【译文】

十七年春季，晋国的荀林父、卫国的孔达、陈国的公孙宁、郑国的石楚攻打宋国。理由是："为什么杀了你们的国君？"直到立了宋文公才回国，《春秋》没有记载卿的名字，是因为他们对此事处置不够妥当。

夏季四月四日，鲁国安葬了声姜。因为齐国的动乱，葬礼才推迟了。

齐懿公攻打鲁国北部边境。襄仲请求结盟。六月，双方在穀地结盟。晋灵公在黄父阅兵，又召集诸侯在扈地会合，商议平定宋国内乱之事。文公没有参加会议，因为当时齐国正攻打鲁国。《春秋》只写"诸侯"而不写他们的名字，表示没有成效。

当时晋灵公不肯接见郑穆公，认为郑国暗中亲近楚国。郑国子家派一位负责通讯、联络的官员送给赵盾一封信。信中说：

"寡君即位三年时，就召请蔡侯一起事奉贵君。九月，蔡侯到我国，从这里去了贵国。当时我国发生了侯宣多的叛乱，因此寡君未能与蔡侯一同前往。十一月，平定了侯宣多之乱后，便同蔡侯一同朝见了阁下。十二年六月，公子归生辅佐太子夷，到楚国请求允许陈侯同去朝见贵君。十四年七月，寡君又到贵国朝见，促成了陈国顺服贵国一事。十五年五月，陈侯又从我国前往朝见贵君。去年正月，烛之武去了贵国，目的是使太子夷前往朝见贵君。八月，寡君又一次前去朝见。陈、蔡两国虽然紧邻楚国却不敢对贵国存有二心，这都是我国努力的结果。我国如此事奉贵国，为什么还不能免于灾祸呢？寡君在位期间，曾朝见贵国先君襄公一次，现任国君两次。太子夷和我国几个臣子也先后都到达绛城。作为一个小国，如此事奉贵国，可以说不能比这再过分了。而如今大国却说：'你们还没有使我们满足。'那就只有等待灭亡，实在不能做得更好了。

"古人有句话说：'如果怕这怕那，还能有什么不怕？'又说：'当鹿快要死亡的时候，就顾不上选择庇荫的地方了。'小国事奉大国，如果大国能以恩德相待，那么小国就像人一样恭顺服贴；如果不以恩德相待，小国就会像将死的鹿一样铤而走险，危急时刻也就顾不上危险不危险了。既然贵国的要求反复无常，我们也就知道亡国在即了。那就只好动员全部兵力，在儦地严阵以待了。何去何从，我们唯命是从。

"文公于二年六月二十日曾到齐国朝见。四年二月某日，为齐国攻打蔡国，和楚国讲和。处在大国之间而不得不听从大国的命令，难道是我们的罪过吗？假若大国不体谅小国的苦衷，我们也就别无出路了。"

晋国的巩朔到郑国讲和，赵穿和公壻池到郑国作为人质。

秋季，王室的甘歜在邥垂打败了戎人，是乘戎人喝酒时袭击的。

冬季十月，郑国的太子夷、石楚到晋国做了人质。

襄仲到了齐国，就穀地结盟一事表示谢意。回来后对文公说："我听说齐国人准备吃鲁国的麦子。依我看来，做不到。因为齐君的话缺乏远虑。臧文仲有句话说：'百姓的君主如果缺乏长远考虑，必然很快死去'。"

# 文公十八年

**【原文】**

（经）　十有八年春①，王二月丁丑，公薨于台下②。秦伯罃卒③。夏五月戊戌，齐人弑其君商人。六月癸酉，葬我君文公。秋，公子遂、叔孙得臣如齐。冬十月，子卒④。夫人姜氏归于齐。季孙行父如齐。莒弑其君庶其。

**【注释】**

①十有八年：公元前 609 年。

②台下：宫中的台下。知其为暴卒。

③秦伯：秦康公。

④子：指文公太子恶。凡在葬，公侯称子，但时文公已葬，仍称子。

**【译文】**

十八年春，周历二月丁丑，文公在宫中台下去世。秦康公薨去世。夏五月戊戌，齐国人杀死他们的国君商人。六月癸酉，安葬我国国君文公。秋，公子遂、叔孙得臣去齐国。冬十月，太子去世。夫人姜氏返回齐国。季孙行父去齐国。莒国杀死他们的国君庶其。

## 【原文】

（传）十八年春，齐侯戒师期，而有疾[1]，医曰："不及秋，将死。"公闻之[2]，卜，曰："尚无及期！"惠伯令龟[3]，卜楚丘占之曰："齐侯不及期，非疾也。君亦不闻。令龟有咎。"二月丁丑[4]，公薨。齐懿公之为公子也，与邴歜之父争田[5]，弗胜。及即位，乃掘而刖之[6]，而使歜仆。纳阎职之妻[7]，而使职骖乘[8]。

夏五月，公游于申池[9]。二人浴之池，歜以扑抶职[10]，职怒。歜曰："人夺女妻而不怒，一抶女庸何伤？"职曰："与刖其父而弗能病者何如？"乃谋，弑懿公，纳诸竹中。归，舍爵而行。齐人立公子元。六月，葬文公。

秋，襄仲、庄叔如齐，惠公立故，且拜葬也。文公二妃敬嬴生宣公。敬嬴嬖而私事襄仲。宣公长而属诸襄仲，襄仲欲立之，叔仲不可。仲见于齐侯而请之。齐侯新立而欲亲鲁，许之。

冬十月，仲杀恶及视而立宣公[11]。书曰："子卒"，讳之也。仲以君命召惠伯。其宰公冉务人止之，曰："入必死。"叔仲曰："死君命可也。"公冉务人曰："若君命可死，非君命何听？"弗听，乃入，杀而埋之马矢之中。公冉务人奉其帑以奔蔡，既而复叔仲氏。夫人姜氏归于齐，大归也[12]。将行，哭而过市曰：“天乎，仲为不道，杀嫡立庶。”市人皆哭，鲁人谓之哀姜。莒纪公[13]生大子仆，又生季佗，爱季佗而黜仆，且多行无礼于国。仆因国人以弑纪公，以其宝玉来奔，纳诸宣公。公命与之邑，曰：“今日必授！”季文子使司寇出诸竟，曰：“今日必达！”公问其故。季文子使大史克对曰：先大夫臧文仲教行父事君之礼，行父奉以周旋，弗敢失队。曰：“见有礼于其君者，事之如孝子之养父母也。见无礼于其君者，诛之如鹰鹯之逐鸟雀也[14]。”先君周公制《周礼》[15]曰：“则以观德，德以处事，事以度功，功以食民。”作《誓命》[16]曰：“毁则为贼，掩贼为藏，窃贿为盗，盗器为奸。主藏之名，赖奸之用，为大凶德，有常无赦，在《九刑》[17]不忘。”行父还观莒仆，莫可则也。孝敬忠信为吉德，盗贼藏奸为凶德。夫莒仆，则其孝敬，则弑君父矣；则其忠信，则窃宝玉矣。其人，则盗贼也；其器，则奸兆也。保而利之，则主藏也。以训则昏，民无则焉。不度于善，而皆在于凶德，是以去之。昔高阳氏[18]有才子八人：苍舒、聩敳、梼戭、大临、龙降、庭坚、仲容、叔达[19]，齐、圣、广、渊[20]、明、允、笃、诚[21]，天下之民谓之“八恺”。[22]高辛氏[23]有才子八人：伯奋、仲堪、叔献、季仲、伯虎、仲熊、叔豹、季狸，忠、肃、共、懿、宣、慈、惠、和[24]，天下之民谓之“八元”。此十六族也，世济其美[25]，不陨其名。以至于尧，尧不能举。舜臣尧，举八恺，使主后土，以揆百事，莫不时序，地平天成；举八元，使布五教于四方[26]，父义、母慈、兄友、弟共、子孝，内平外成。昔帝鸿氏[27]有不才子，掩义隐贼，好行凶德，丑类恶物[28]，顽嚚不友[29]，是与比周，天下之民谓之"浑敦"。少昊氏[30]有不才子，毁信废忠，崇饰恶言，靖谮庸回[31]，服谗蒐慝[32]，以诬盛德，天下之民谓之"穷奇"[33]。颛顼氏有不才子，不可教训，不知话言[34]，告之则顽[35]，舍之则嚚[36]，傲很明德，以乱天常，天下之民谓之"梼杌"[37]。此三族也，世济其凶，增其恶名。以至于尧，尧不能去。缙云氏[38]有不才子，贪于饮食，冒于货贿；侵欲崇侈，不可盈厌，聚敛积实，不知纪极，不分孤寡，不恤穷匮，天下之民以比三凶[39]，谓之"饕餮"[40]。舜臣尧，宾于四门[41]，流四凶族，浑敦、穷奇、梼杌、饕餮，投诸四裔，以御魑魅[42]。是以尧崩而天下如一，同心戴舜以为天子，以其举十六相[43]，去四凶也。故《虞书》数舜之功，曰："慎徽五典，五典克从"[44]，无违教也；曰"纳于百揆，百揆时序"，无废事也；曰："宾于四门，四门穆穆"，无凶人也。舜有大功二十[45]而为天子，今行父虽未获一吉人，去一凶矣，于舜之功，二十之一也，庶几免于戾乎！"宋武氏之族道昭公子，将奉司城须[46]以作乱。十二月，宋公杀母弟须及昭公子，使戴、庄、桓之族攻武氏于司马子伯之馆[47]。遂出武、穆之族，使公孙师为司城，公子朝卒，使乐吕为司寇，以靖国人。

**【注释】**

①戒师期：下达出兵伐鲁日期的命令。

②公：指鲁文公。

③令龟：即命龟。

④丁丑：二月二十三日。

晏平仲二桃杀三士

⑤邴歜：齐国大臣。

⑥掘而刖：掘其尸而断其足。

⑦阎职：齐国大臣。

⑧骖乘：古时乘车在车右的人。

⑨公：指齐懿公。申池：齐都城外的水池名。

⑩扑挟：用马鞭击打。扑，击马的竹鞭。

⑪恶及视：恶、视是鲁文公的两个儿子。

⑫大归：古代女子嫁出后，回娘家看亲叫归宁，归而不返为大归。姜氏夫死子亡，不得不大归。

⑬莒纪公：莒国国君，名庶其。

⑭鹯（zhān）：鹰类中的猛禽。

⑮《周礼》：此《周礼》当为周公旦所作，今已亡佚。

⑯《誓命》：《尚书》中的篇名。

⑰《九刑》：即九种刑罚：墨、劓、刖、宫、大辟以及流、赎、鞭、仆。

⑱高阳氏：传说中的五帝之一，名颛顼，黄帝的孙子。

⑲苍舒等：此八人已不可考。

⑳齐圣广渊：齐，行为中正；圣：世事通达；广：度量宽宏；渊：谋略深远。

㉑明允笃诚：明，明察是非；允，守信不二；笃，笃厚善良；诚，诚实纯正。

㉒恺：和乐。

㉓高辛氏：传说中的五帝之一，名喾，黄帝的曾孙。

㉔忠肃共懿：忠，忠心奉上；肃，恭敬严肃；共，勤谨治事；懿，行为端美。宣慈惠和：知恩周密；慈，心地慈爱；

惠，怜贫恤穷；和，温顺和气。

㉕济其美：承继其美德。

㉖五教：父义、母慈、兄友、弟共、子孝。

㉗帝鸿氏：一说为黄帝，一说是帝俊、帝舜、帝喾，说法不一。

㉘丑类恶物：即以恶物为同类。

㉙顽嚚不友：指愚顽奸诈的恶人。

㉚少昊氏：金天氏：一说即黄帝之子玄嚣。

㉛靖谮：安于谗谮。庸回：即庸违，听信奸邪。

㉜服谗：造谣中伤。蒐慝：掩盖罪恶。

㉝穷奇：歪门邪道。一说即共工。

㉞话言：善言。

㉟顽：冥顽不化。

㊱嚚：顽固愚蠢。

㊲梼（tào）杌（wù）：凶顽无比。

㊳缙云氏：黄帝时的官名。即夏官，姜姓，炎帝的苗裔。

㊴三凶：指浑敦、穷奇、梼杌。

㊵饕餮（tāo tiè）：传说一种贪食的恶兽，此比喻为贪婪凶恶的人。

㊶宾于四门：开辟四方之门。

㊷魑魅：古人幻想中害人的怪物。

㊸十六相：指八恺、八元。

㊹五典：即五常，指父义、母慈、兄友、弟恭、子孝。

㊺大功二十：指举拔十六相及去四凶。

㊻司城须：宋文公母弟。

㊼子伯：即华耦。

## 【译文】

鲁文公十八年春天，齐侯发布了出兵日期的命令，就得了病。医生说："不到秋天就会死去。"鲁文公听到了，占卜说："希望他不到发兵日期就死！"惠伯就用文公这样的话告龟甲。卜楚丘占卜，说："齐侯不到发兵日期就会死，但不是因为疾病。国君也听不到齐侯的死讯。令告龟甲一定要显示某种迹兆就会有灾祸。"二月二十三日，文公死。齐懿公是公子的时候，和邴歜的父亲争夺田地，没有胜利。等到即位以后，邴歜的父亲已经死了，但他还是挖出他的尸体砍去了双脚。而又让邴歜为他驾车。夺取了阎职的妻子而又让阎职作骖乘。

夏五月，懿公在申池游玩。邴歜、阎职两个人都在池内洗澡，邴歜用马鞭拍打阎职。阎职发怒。邴歜说："别人夺了你的妻子你不生气，打你几下又有什么损伤呢？"阎职说："比砍了他父亲的脚而不敢怨恨的人怎么样？"于是两个就策划杀了懿公，把尸体放在竹林里。回去后，摆好酒杯痛饮一番然后走了。齐国人立了公子元为国君。六月，安葬文公。

秋天，襄仲、庄叔去齐国，这是由于齐侯即位的缘故。并说：为了拜谢齐国前来参加葬礼。文公有两个妃子，敬嬴生了宣公。敬嬴受到宠爱，而私下结交襄仲。宣公年长，敬嬴把他嘱托给襄仲。襄仲要立他为国君，仲叔不同意。襄仲就去晋见齐侯而请求。齐侯新近即位，想亲近鲁国，也就同意了襄仲的请求。

　　冬十月，襄仲杀死了太子恶和他的弟弟视，而立宣公为国君。《春秋》记载说："子卒"，这是为了隐讳真相。襄仲用国君的名义召见惠伯。惠伯的家臣长官公冉务人劝止他，说："去了肯定死。"叔仲说："死于国君的命令是可以的。"公冉务人说："如果是国君的命令，可以死；不是国君的命令，为什么要听从？"惠伯不听，就进去了。被杀死后埋在马粪里面。公冉务人侍奉惠伯的妻子儿女逃亡蔡国，不久又重新立了叔仲氏。夫人姜氏归回齐国，就不再回鲁国了。她哭着经过集市，说："天哪，襄仲无道！杀死嫡子而立庶子。"集市上的人都跟她哭。后来鲁国称她为哀姜。莒纪公生了太子仆，又生了季佗，纪公宠爱季佗而想废出太子仆。而且在国内做了许多不合礼的事情。太子仆依靠国内的人们杀死了纪公，拿了他的宝玉前来逃亡，把宝玉等献给鲁宣公。宣公命令给他城邑，说："今天一定得给！"季文子让司寇把他赶出国境，说："今天一定要把他赶出国境。"宣公询问这样做的原因。季文子让太史克回答说：先大夫臧文仲教导行父侍奉国君的礼数，行父拿它作为处事的准则，不敢违背。先大夫说："见到对他的国君有礼的人，就侍奉他，如同孝子侍奉父母一样；见到对他的国君无礼的人就诛灭他，如同鹰鹯追逐鸟雀一样。"先君周公制定《周礼》说："礼仪准则是用来观察德性，德性用来处理事情，事情用来衡量功劳，功劳用来取食于民"。又制作《誓命》说："毁弃礼仪就是贼，隐匿奸贼就是窝藏，偷窃财物就是盗，偷盗国宝就是奸。有窝藏的名声，利用奸人的宝器，这是极大的凶德，对此有规定的刑罚不可赦免，这些都记录在九刑之中，不能忘记。"
行父仔细观察了莒仆，没有一点可取之处。孝敬、忠信是吉德，
盗贼、藏奸是凶德。这个莒仆，衡其孝敬，他却杀了自己国
君的父亲；衡其忠信，他又是偷窃宝玉的。衡其为人，这个
人是盗贼；他拿来的器物，就是赃证。如果保护这样的人而
贪图他的器物，那就是窝赃。以此来教育百姓就会造成昏乱
而无所适从了。上面这些都不属于好的范围，而都属于凶德，
所以才把他赶走。过去有个高阳氏，他有八个有才干的儿子：
苍舒、聩敳、梼戫、大临、龙降、庭坚、仲容、叔达，他们
公正、聪敏、宽宏、深渊、明察、公允、厚道、诚实，天下
的百姓称他们为八恺。高辛氏也有八个有才干的儿子：伯奋、
仲堪、叔献、季仲、伯虎、仲熊、叔豹、季狸，他们忠诚、
恭敬、勤勉、端美、周到、慈祥、仁爱、和谐，天下的百姓
称他们为八元。这十六个家族，世世代代继承他们先人的美
德，始终没有丧失他们祖宗的美好名声，直到尧的时代。但
是尧没有举拔他们。舜做了尧的臣子后，举拔八恺，让他们
主持管理土地，处理各种事务，没有一样不是处理得既及时
又有条理，地上平安无事，天子赞成。举拔八元，让他们到
四方国家宣传五种教化，即父亲道义、母亲慈爱、哥哥友爱、
弟弟恭敬、儿子孝顺，里里外外平安无事、事业有成。过去，
帝鸿氏有个顽劣的儿子，掩蔽道义，包庇奸贼，喜欢参与凶
德之事，把坏东西视为同类，和那些愚昧奸诈、不友好的人
混在一起，天下的百姓称他叫浑敦。少昊氏也有个顽劣的儿
子，败坏信用，废弃忠诚，专说花言巧语，惯听谗言，任用
奸邪，造谣中伤，掩盖罪恶，以诬陷有盛德的人，天下百姓

称他为穷奇。颛顼氏也有个顽劣的儿子，没办法教训，不知道什么是好话，开导他而愚顽不化，不管他又刁恶奸诈，倨傲违逆美好的德行，以搅乱上天的常道，天下的百姓称他为梼杌。这三个家族，世世代代继承他们的凶恶，增加他们的坏名声，一直到尧的时代，尧也不能铲除他们。缙云氏也有个顽劣的儿子，贪图吃喝，贪求财货，恣意奢侈，不能满足；聚财积谷，没有限度。不分给孤儿寡母，不周济贫穷困乏的人，天下的百姓把他比做三凶，称他为饕餮。舜做了尧的臣下以后，打开四方城门以接纳贤人，把四大凶人及其家族流放四边荒远的地方，用他们去抵抗妖怪。所以，尧以后天下如同一个人一样，同心拥戴舜做天子，是因为他举拔了十六相而去掉了四凶的缘故。所以《虞书》数列舜的功业，说"谨慎地弘扬五典，五典都能顺从。"这是说没有错误的教导。放在处理各种事务的岗位上，各种事务都处理的顺当。"这是说没有荒废的事情。说"在四方的城门接待宾客，来宾都恭敬有礼。"这是说没有凶顽的人物。舜有大功二十件而做了天子。现在行父虽没有得到一个好人，但已赶走了一个凶人。这和舜的行业相比，是他的二十分之一，差不多可以免于罪过了吧！宋国武氏的族人领着昭公的儿子，将奉事司城须以发动叛乱。十二月，宋公杀母弟须和昭公的儿子，让戴公、庄公、桓公的族人在司马子伯的客馆里攻打武氏。于是就把武公、穆公的族人赶出国去，派遣孙师做司城，公子朝死，派乐吕做司寇，以安定国内的人们。